立人天地

# THY ROD AND THY STAFF

# 黑夜炉火

剑桥大学本森教授的生命告白

[英] 亚瑟·克里斯托弗·本森 著
Arthur Christopher Benson
邢锡范 译 / 孔 谧 校

黑龙江出版集团
黑龙江教育出版社

图书在版编目（CIP）数据

黑夜炉火 /（英）亚瑟·克里斯托弗·本森著；邢锡范译；孔谧校. — 哈尔滨：黑龙江教育出版社，2016.9
ISBN 978-7-5316-8988-1

Ⅰ. ①黑… Ⅱ. ①亚… ②邢… ③孔… Ⅲ. ①随笔—作品集—英国—现代 Ⅳ. ① I561.65

中国版本图书馆 CIP 数据核字（2016）第 243988 号

## 黑夜炉火
### HEIYE LUHUO

| | |
|---|---|
| 作　　者 | ［英］亚瑟·克里斯托弗·本森 著 |
| 译　　者 | 邢锡范 译　孔 谧 校 |
| 选题策划 | 宋舒白 |
| 责任编辑 | 宋舒白　王海燕 |
| 装帧设计 | Lily |
| 责任校对 | 徐领弟 |

| | |
|---|---|
| 出版发行 | 黑龙江教育出版社（哈尔滨市南岗区花园街 158 号） |
| 印　　刷 | 北京鹏润伟业印刷有限公司 |
| 新浪微博 | http://weibo.com/longjiaoshe |
| 公众微信 | heilongjiangjiaoyu |
| 天 猫 店 | https://hljjycbsts.tmall.com |
| E－mail | heilongjiangjiaoyu@126.com |
| 电　　话 | 010-64187564 |

| | |
|---|---|
| 开　　本 | 700×1000　1/16 |
| 印　　张 | 12 |
| 字　　数 | 120 千 |
| 版　　次 | 2016 年 11 月第 1 版　2016 年 11 月第 1 次印刷 |
| 书　　号 | ISBN 978-7-5316-8988-1 |
| 定　　价 | 34.00 元 |

# 前 言

近些年来我写了几本书,讲述的是我个人经历过的一些事情,其中就有《对话寂静》。在那本书里我曾写道,如果有可能的话,或许哪一天我会说出我的美好计划是如何破灭的。那时,我只希望自己能够知晓失败的原因。

事情总算过去了,现在你读到的这本书记录着我悲哀的经历和奇特的冒险,开始是悲哀的,但整个过程是奇特的。事后想一想,此次经历给我带来的收获又是那么美妙,我从中获得了很多教益——我的生命意识得到了更新,过去的思想不再束缚着我,我的灵魂有了前进的方向,我的人际关系更好了。对我来说,这样的失败不仅变成了一场胜利，而且还是一次欢乐的凯旋。虽然有些惊恐，但我还是成功地从天堂与地狱之间的灵薄狱逃脱，回到了现实世界。

不管怎样，所有这一切我都要在这里老老实实地做出坦率的陈述，我沮丧、苦恼、孤独地在迷雾中蹒跚，突然，美丽的景色闪现在眼前，我用疑惑的目光望着那高耸的山峰、顺流而下的溪水和宁静的山谷。你可能认为，我为了烘托一个中心人物而利用对比的手法来制造效果，我的这些讲述看上去似乎过于戏剧性和夸张，我只能非常坦诚而又简单地说，这本书只是记录我的冒险经历，没有虚构任何夸张或戏剧性的内容。假如我是为了寻求赞誉，我可以不把自己在历险途中的烦闷窘态披露出来，那时的我极度无助、非常怠惰、十分懦弱。依靠充满希望的忍耐力、细致的考虑和追求高尚的本性也许可以使人生的一段悲惨经历变成一个辉煌的片段。但是，我自己的表现就像《冬天的故事》①里的那位被熊追赶的先生，这是一场忧伤和不体面的战斗，充满了彷

---

① 《冬天的故事》（The Winter's Tale）：英国剧作家威廉·莎士比亚的作品，1623年首次发表于《第一对开本》。它的主要情节取自1590年出版的罗伯特·格林的田园传奇剧《潘朵斯托》。莎士比亚对情节的修改非常少，他的忠于原作使《冬天的故事》具有最显著的特点。剧情在名字、地点和细节方面有小的修改，不过最大的变化在故事的结局。《潘朵斯托》里的埃尔米奥娜在被指控通奸后死亡，而莱昂特斯回顾他所做的事情后自杀；《冬天的故事》里埃尔米奥娜的存活可能是为了创造最后一幕场景，与《潘朵斯托》相比有很大的主题变化。——译者著

徨和疲惫。我根本没有表现出任何战斗力，只是绝望地拖着沉重的步伐，尽力避开追赶我的怪物，低声说些道歉的话，乞求宽恕。

让我欣慰的是，正是这样才结束了所有这一切，我又恢复了生机，尽管觉得有些丢脸。因为除了承受着命运的打击，我并没有赢得奖赏，只是四肢无力地回到以前的样子。我不希望出现任何失误，因为经历了如此可怕的事情，我得到的却是温柔的对待。即使在我无计可施的时候，我也没有做出过超出自身力量的努力，而我却得到了耐心的帮助，让我越过一道道障碍。这是一次充满希望的经历，我有意接受磨难，我也确实经受了磨难，但我并没有被苦难所压倒，而且随着日子一天天过去，我感觉到自己的悲惨境遇正在按照某个明确的目标演变着，各个环节得到了非常微妙的调配。我的大脑从未麻痹，我完全能意识到自己发生了什么事情。这样一来，我有了一种被祝福的感觉，也就是说，我是受到了惩罚，但我也得到了宽恕。对我进行惩罚是为了拯救我，而不是让我得到报应。

那些看到我时常处在困境中的人是不是认为我就应该这样，我可不这么想，他们对我表现出的同情和关心让我意识到我受到惩罚是不公平的。我是一个有教养、善良的人，这样的事怎么会落到我头上，如果说有什么错，那也是我做得太多，而不是太少。

不过这倒让我有了希望，而且不只是希望。一个人可能因受到病痛折磨而感到绝望，如果我们能够了解他们的心理状态，就会知道他们也许会抱怨，但是不会反抗，假如他们真的要反抗，那也是由于意志的过度固执所造成的，除非我们本身顺从上帝，否则上帝也帮不了我们。假如我们不能情愿地、不由自主地顺从上帝，我们必须学会如何绝对地依赖上帝，因为上帝创造了我们，我们是属于上帝的。所以说，我们只能与上帝结合，首先认识到我们自身的弱点，接着认识到仅存于上帝意志中的力量。这是我们所有人必须做出的转移，如果我们学会了这种转移，痛苦的事情就会少一些。在这件事上，我们不能强制规定自己的条件，或者刻意安排服从条约，我们必须像一个悔改的罪人那样爬回家去，本没有指望得到欢迎，难以置信的是丰盛的饭菜伴随着美妙的乐曲正在迎候我们，给我们带来了难以言表的惊喜，让我们最后一次真正感受到什么是耻辱。

剑桥大学莫德林学院

亚瑟·克里斯托弗·本森

1912年9月20日

# 1

1909年冬天，我大病痊愈，这场病持续了差不多两年时间。我的身体本来一直很好，我也许不可以这么说，但就我的经验而言，无论是对我这个患者，还是对我身边的人来说，这可能是我遭遇的最可怕、最痛苦的一场大病。神经衰弱症、癔症、抑郁症——可怕的病总有着可怕的名字——就是我所患疾病的医学名称，或者说我患了其中的一种病。主要症状是持续性失眠，长期情绪低落，还有无法忍受的精神痛苦。我的头脑绝对清醒，可是却经常感到绝望，我试过各种治疗方法，比如静养、泡温泉、催眠等等，可是都没有什么效果。

　　我外出旅行了一个月，在这段时间里，生命之火似乎一个接一个熄灭。那时我在罗马，这是一座街道幽深、风味浓烈的金黄色城市，音乐伴随着河水流淌，有几个小时，阴云突然消散，露出明媚的阳光。记得有一个下午，我们来到塔斯库勒姆山堡的楼顶。那一天阳光很好，四周一片寂静，栗树林子里的仙客来长得很茂盛，向下望去，一座特别奇异的城市像是一只号角从青紫色的群山里伸了出来，出现在我们眼前。还有一天，我们外出走得挺远，来到罗马的阿皮亚古道，那里有许多坟墓，朦胧的暮色夹杂着紫色的雾气笼罩在广阔的平原上。我真希望阴郁的午后时光能给我带来内心的平静，但可怕的厌倦感吞没了所有这一切，仿佛我的生命之泉在逐渐枯竭。

　　接着我们来到佛罗伦萨，一个井然有序的银白色城镇。我不辞辛苦地在城里走着，诚心诚意地想看到美好的东西，然而，转了一圈，我却觉得这里的一切都有说不出的丑陋，我的病也越来越严重了。回到家后我试图让自己沉浸在工作中，结果又一次精神崩溃，当我为了获得精心治疗而来到伦敦郊外的一家疗养院时，却遇上了最糟糕的一次体验。这家疗养院很好，装修豪华，陈设考究，而且我得到了一位优秀医生的特别照顾。他负责我的一切治疗，无论他多么疲惫，每天傍晚都会过来陪我，与我亲切交谈，希望用这个方法提高我的兴趣，使我高兴起来。谈论起他母亲般的妻子，他能说出二十几件有趣的事。一天又一天，我常常早晨醒来就能在舒适的房间里听到梧桐树上鸟儿发出的昏昏欲睡的呢喃。这棵树很高大，树顶的枝子快要伸到我的窗口了，鸟儿就在那上面朝我这边张望，似乎有些困惑，想知道我是否在屋里。就在这时，原有的恐惧感急速地掠过我的脑海，不可名状的恐惧感、生活的痛苦就这样奇怪地干扰着我的情绪，也许永远不能恢复。从我房间的窗户俯视，可以看到后花园里两排高大的宅邸。在对面，一个大宅子有个房间没有窗帘，在某个特定时间里，常常有个人坐在窗前，摆弄着一种奇怪的机器，像是玩偶似的东西在绳上来回地快速摇摆。这个人的头上几乎没有头发，我看不出他有什么可识别的体貌特征。这番景象常常吸引我一小时一小时地朝那边凝视，并让我产生了一种病态的厌恶。这个阴暗模糊的场面表现的是什么样的生活呢？我认为，我患病的整个时期最糟糕的时刻就出现在那时。

在一个充满生机、阳光的早晨，我来到一块起伏不平的绿地散步，这里视野开阔，眼前的景色不断变换，还能看到城里的烟雾飘向空中。我在树木掩映的幽谷里找到一个长凳坐了下来，觉得自己已经被上帝和人类遗弃，注定要遭受某种痛苦的折磨，每一分钟的疼痛都是无休止的，而且在每一分钟里，恐惧、厌恶、抵触和忧郁等情绪似乎都缠绕在一起。下午我通常是去俱乐部，会见几个朋友，他们陪我散散步，或我们在一起娱乐消遣。我常常悄悄地外出就餐，而到了晚上，我的感官似乎变得迟钝，陷入沉默状态；但是第二天早晨它们还会召唤我醒来。这次疗养结束后，我回到自己的家，无所事事，整天过着游手好闲的日子，只是处理一些必要的信件，勉强尝试着见一些人，与他们交谈，无力而又焦躁地参与生活。

这段时间，不断有人劝我出去旅行，或者换个地方居住。我去了许多美丽的地方，也见到了一些忠诚的朋友，他们都对我的病情表示难过和悲哀。尽管旅行能使失常的大脑摆脱糟糕的忧虑状态，但这需要相当大的一笔开销，我不确定这是一个可以实施的策略。我不能确定游山逛水能使我过度紧张、疲劳的大脑完全松弛下来，让我不会感到百无聊赖、无精打采。但是关于我这种奇怪的病痛，是存在着秘密的——也就是说，没有人知道该做些什么，或如何去帮助患这种病的人。实际上，即使是最聪明、最善良的医生也只能像是站在酷刑室门口，听着里面被拷打的灵魂发出呻吟。

经历了这些病痛的折磨，六个月后我回到自己的工作当中——假如我没有离开工作，结果也许不会是现在这个样子——继续挣扎，我只能做些日常工作，对任何事情都不感兴趣。我的朋友竭尽全力帮助我，款待我，陪我旅行；我从许多医生那里得到了无微不至的关怀，其中有一位我需要特别提一下，他的名字值得我记一辈子，他总是能很好地完成自己设定的任务，他对我的照顾如兄弟般，令我感动。其实，他们除了设法让我消除疑虑，说我的身体器官没有什么毛病外，其他能为我做的真的很少。我认为，除非达到这样的程度——患者常常渴望获得永久性休息，无论什么条件，甚至不惜以死亡本身为条件，否则精神疾病并不能危及生命。

与世长辞的念头几乎不可避免地会使患病的人凝思细想，沉湎于自我毁灭的想法；但是我的自然活力，或者我的想象力、我的怯懦，在很大程度上使我不可能想到自杀。我觉得，我的病影响的是我脑子里的情感中心，而不是我的智力。如果有可能的话，对任何一位患者我都会依据自身经验提出忠告，就是避免过于兴奋或心烦意乱，努力去过一种平静、有规律、熟悉的生活，尽可能以简单的方式度过每一分钟。

我不打算大讲特讲自己的病，曾经有一段时间，我发觉自己的健康状况逐渐好转，我想提一些建议，写点体会。不过我可以肯定，出于许多原因，还是不要详述，就这个问题我与一个知己谈论过。我认为，如果人类有能力表达，或者希望他们的表达有用，他们就应该把自己真实、生死攸关的经历讲述出来。我接着说，如果你经历过悲惨的遭遇，而且是你以前从未遇到过的重大疾病，彻底地改变了你所有的观念和想法以及你对生活的看法，如果不说出来供别人参考，似乎就有些胆怯和浅薄。我的朋友对我说："是的，我同意你说的，但是有一点很明确，你这样的病如果可以讲述，也许应该讲出来，但是你必须避开身体要素，只能从心理要素入手来讲述。"我马上明白，他是对的。

我越是想这个问题，我的责任就变得越发明确。患病以来，我把自己遭受苦难的所有想法储存起来备用——实际上，我也没有什么别的选择不这样做，因为生活的快乐、情趣、激情特别奇妙地涌入我的脑海，这是我生病的收获。长期处在休息状态，回避所有运用脑力和影响情绪的活动，似乎我满脑子的疑惑、纠结和问题一扫而光。这就像是死而复生，生命的新开始，我的观察力、赞美之心和生活热情都得到了更新，我更加精神饱满，更加快乐。毫无疑问，我以前写过的许多书缺乏情感，过分强调对思想和情感进行自我观察，过分强调意义。我的病完全是因为过度地进行脑力工作和受到刺激造成的，我应该受到惩罚，这是很自然的事。

我康复后主要致力于研究切实、具体、外部的问题。在早期的著作中，我总是试图弄懂某种情感哲学，或者推荐非常明确的观点，现在我觉得有责任依据自己可怕的经历对此进行全面修正。如果说哪个人一如既往地过着自己的生活，虽然可能不是那么快乐，但至少有着自己的兴趣和平静的愉悦，那么让任何人都觉得可怕的经历对他们来说一定更加恐怖。我经历过的黑暗日子——天天处在可怕、难以言表的恐慌当中——让我学会了许多新的东西，使我更加了解人类、灵魂和上帝。这样一来，许多复杂的事情就变得简单了，生活获得了新的平衡。我也许可以感激和谦恭地说，苦难，无论多么沉重，多么深刻，非但没有增添生活的阴影，反而为我带来了希望、惊奇和欢乐，我的生活充实了。其实，心灵真的能够不受伤、不模糊地穿过最黑暗的长廊，这一事实本身就证明了生命的活力。我并不是说一个人只要纵身一跃就可以走出黑暗，奔向光明，我恢复健康后也经常有许多黑暗的时候，但光已经不间断地、胜利地照进来了。

在古老的希腊神话里，年轻的英雄珀尔修斯①不得不前往冥府去取一顶隐身帽，戴上这顶帽子就不用怕女妖置人死地的凝视，并使他得以接近蛇发女怪戈耳工②，他的任务就是杀死这个女怪。

他从崎岖的地狱出口走了出来，脸色苍白，表情凝重，浑身

---

① 珀尔修斯（Perseus）：希腊神话中宙斯和达那厄的儿子。——译者著
② 戈耳工（Gorgon）：意思为可怕的，在希腊神话中，是一伙长有尖牙、头生毒蛇的妖怪。——译者著

上下脏乎乎地沾满了污渍，越过地下之火的浓烟向远处眺望，手里拿着他的战利品。假如我只能相信确实存在着恶兽，对人类极其危险，能将人置于死地，那么我应该杀死它们。但是我根本不是斗士，只是一个热爱劳动、热爱秩序、热爱和平的人。正是因为我觉得无论我多么吃力、多么遵守秩序，我走过的路都不是一条和平之路，所以我才有所克制地讲话，我要说，上帝在帮我。

# 2

我患病后的第二个夏天,一场巨大的灾难降临在我头上,我最好的一个老朋友因事故在阿尔卑斯山脉遇难。他叫赫伯特·泰瑟姆①,我曾在别的书里说过他的生活。我们从小一起在伊顿公学读书,又一起进入剑桥大学,后来又回到伊顿公学当教师。我们除了在工作中交流,还经常一起娱乐消遣,每年的复活节我们

---

① 赫伯特·泰瑟姆(Herbert Tatham,1852—1912):英国教育家、作家,伊顿公学校长。本书作者业慈·克里斯扎弗·本森与泰瑟姆合著的一部《无冕之王》被列为英国高中必读书;本森的《阿城信札》也是本森与泰瑟姆先生来往的书信集。——译者著

都会结伴去一个安静的地方，一起工作，一起散步，交谈读书心得。在我接触过的人里，他无疑是最有头脑的，他有着惊人的记忆力，比我认识的任何人都能更快、更清楚地看出某个疑难问题的实质。我获得了一定程度的洞察力，能够深刻理解一些复杂、模糊的问题，完全归功于他的帮助。除了这些，在我所有的朋友里，他的心地最善良，性情最温和；他完全没有野心，从不追逐名利；他热爱自己的学生，热爱自己的工作，喜欢自己平静的家庭生活；他从未想过得到什么特别关照，丝毫不渴望获得声望和赞誉；他纯洁的心灵，他内心的平静，真是无人可比。由于患病，这段时间我和他没有来往，这是让我感到最悲哀的事。他不止一次主动提出陪我外出旅行，但我真的是想把自己受伤的心灵隐藏起来，不愿让他分担我的痛苦。整个治疗期间，我只见过他一次，那是我状态最糟糕的时候，病情几乎没有好转，我完全没有了希望。我感到他这次对我的探望让他的同情之心和善良之心受到了极大的折磨，看到我病成这个样子，他真的受不了，恨不能为我解除痛苦，而我似乎已经无药可救了。

　　太阳升起后不久，我坐在哈罗盖特镇一个乏味的公园里，看见几个患者绕着花坛在沥青路上散步，空气里传来不知哪个乐队演奏的曲子，这时我的目光落在报纸上的一个段落，那上面报道了一次旅行事故，还说在旅行中遇难的死者来自克罗默，不过姓名中的大写字母搞错了。我立刻意识到泰瑟姆出事了，而且我的预感当天就得到了证实。说来奇怪，尽管我忍受着病痛的折磨，感到自己无限凄凉，那个滋味我都不知该怎么表达，总是认为自己似乎是在肆意浪费生命和精力，应该进行反抗，可是老朋友遇难这个事件不仅没有把我投向悲惨的境遇，而且还带我走出了困境。我甚至敢于幻想更深刻、更奇怪的事——从某种意义上讲，泰瑟姆来救我了。我觉得在这些黑暗的日子里，我离他越来越近，这种感觉很奇妙，令人惊讶。他的遇难使我失去了兄弟般的伙伴，回想起与他在一起那些快乐、无忧无虑的日子，不由得让我觉得苦涩辛酸。从那时起，我变得更加坚强、平静，而且我敢大胆地说，正是他的自我意识帮助了我。有一段时间，我在生活中时常回忆起我们之间长久的友谊，悲伤地想到一些零碎往事，我似乎被抛入梦一般奇怪的精神状态。回想起我们在山区的远足，常常彼此并不说话，只是舒服地享受沉默、与自然和谐共存的感觉；还有我们炉边长时间地交谈，真的是想到什么就说什么。

在一个早春的日子，我们一起去爬伦敦郊外的一座山，山上有些地方还有积雪，形成了一个个白圈，我怎么也没有想到，那竟然是我们最后一次一起爬山。一个清新的早晨，我向他说再见，看着他向我挥手告别，脸上挂着为我担忧的微笑，我也向他挥了挥手，然而我内心又重新笼罩上恐惧的阴影，我做梦也没有想到这是我们的永别，他先我而去。我说不出我们之间的友谊和他的离世对我意味着什么，我无比悲伤自己失去了一生中最好的朋友，这是我所经历的最悲哀的事。关于这件事我不想多说什么。我真的认为他帮助了我，辅助我迈开无力的腿走出黑暗。他遇难这件事让我受伤的心怎么也不能平复，所以，我足足苦恼了一个多月，总是陷入对往事的回忆中，疲倦地四处旅行，寻找某种方式把自己的心情放松一下，可是回来后，我却觉得自己的工作没有希望，生活没有乐趣。

我可悲的状态持续到第二年才算结束，虽然有说不出的不情愿和沮丧，我还是接受了一项委任，每周为一家教会报社写一篇文章。他们没有限制我写作的题目，告诉我可以利用手里已有的任何素材。我以前确实积累了大量的材料还没有整理出来发表，现在可以用来写成随笔或短文，所以我承诺试一试。我惊奇地发现，虽然有许多日子我什么也写不出来，只是呆坐在那里凝视着眼前的稿纸，陷入无助的困惑当中；但是也有一些日子，我写起来得心应手，文章写得又快又好。这对我帮助极大，我也是从这个时候开始过上了正常的生活，讲一点课，接受邀请外出聚餐，甚至偶尔读读报纸或发表演说。接下来的一个星期，虽然我还有些虚弱和倦怠，但我的精神疾病进入了一个缓和期，我觉得自己变得平静和安详了，不再那么狂躁。我不敢对自己的未来设想什么样的愿景，但是从那一天起，有好多日子笼罩在我心里的阴影一下子消散了。那是在海边小镇藤比，我在那里度过了1909—1910年的冬天，我第一次意识到我痊愈了。身体和大脑稍微用力过度，还是会让我有些不舒服，但是这样的感觉很快就会消失，我有很多日子享受着平静的生活。我记得很清楚，在一个特殊的日子，我们去游览一座古老的主教宫殿的遗址，冬日斜阳平静地照耀着常春藤遮盖的塔楼和断墙残壁。我久违的、甚至感到陌生的光辉灿烂的幸福感又回来了。清澈的溪水流过枯萎的芦苇地，流淌的还是古老的曲调；栖息在主堡厚厚的城墙垛口上的知更鸟在鸣叫着，它那尖锐而又甜美的歌声使我不禁热泪盈眶，但是我仍然渴望向朋友诉说自己的忧患。

在一个明亮的早晨，我与一个朋友一起散步，他曾陪我度过了最黑暗的那几个月。我们绕过陡坡上的杂树林和长满荆棘的灌木丛，欢喜地仔细观察低洼的岩池里的海葵，这个时候，我原有的头疼病又犯了，我便把自己所忍受的痛苦说了出来。我的朋友微笑着望着我，打断了我的话。他说："你一定注意到了，我们在一起的时候，我从未劝你说出自己的麻烦事，我很了解你所遭受的痛苦。实际上你是那么清楚地认识到，你必须努力不去重新回忆那些糟糕的经历，尽可能少地谈论，过去的已经过去了。"

这是一个很好的、明智的忠告，从那一刻起，我再也没有说起自己的病，有些时候我真的感觉不舒服，也只是满怀感激之情去做忏悔。带着强烈的兴趣、充沛的活力和十足的幸福感，我又回到剑桥工作，三年了，这还是头一次。当然，仍然有些日子我的病痛还会复发，使我无法说话、无法写作，头脑里的创伤治了一个月也没有治好，但我已经不是完全不能忍受了，而且病痛也没有持续很长时间。

　　经过一段时间的强制性休息，我对生活、书籍、谈话又重新产生了兴趣，我已经几年没有这种感觉了。有段时间，萦绕在我脑海里的唯一苦恼就是我变得软弱无能，似乎已经失去了年轻时的那种活力。当我的同辈正在发现新的工作领域，新的活动内容，我却无精打采地坐在那里，沮丧失望，对生活没有热情，对所发生的事情和新出现的观点不感兴趣，常常陷入绝望和痛苦的状态中。如果能让我减少一点职责，不让周围的人知道我不可救药的悲惨境遇，我就感激不尽了。这是一个痛苦的过程，但又是一个有益健康的过程，通过这个过程可以发现我们的真实能力和水平。不过，我还没有过于失去理智，察觉不到我的病是如何得到了控制。

　　假如我患病的时候从事着重要职业，在比较重要的职位上，患病对我来说就意味着失败，工作就会受到阻碍，最终的结果就是辞职。与此不同，我所从事的工作几乎一直是我能够有所作为的职业，完全与我的生活联系在一起，我所接受的任务也是我有能力完成的，同时，有些时候适当地拖延还是有益处的，可以避免仓促地写出一些多余的东西。我依据个人感受拼凑的一些书就是这个样子，观念模糊，过于内省，思维错乱。

以前，我的写作致力于探索内心世界而不是外边的世界，所以失去了观察生活和真实思想的视角。由于生病，我就可以获得我所需要的休息，不必担心这么做会使自己与实际生活和一定的职责分离开来。我终于明白，我所谓的忠实和明智受到了羞辱，我曾以一种自命不凡的气势来完成工作，不完全是为了炫耀，但肯定是为了收到效果。我曾试图满足自己的虚荣心，不费力地做出令人印象深刻的事，结果却为了获得满足感而放弃了自己的责任，平静的生活变成焦躁不安的日子，这就是我的回报。难道我只剩下谴责自己了？我的机会是什么呢？假如我发挥了自身的力量，或者对自我发展抱有希望，也许早就会有人真诚而又坦率地向我指明这些。但是我哪一条也没有做到，我只是把目标对准周围容易相处的关系。作为院长，我对自己的学生感兴趣，努力使我的小学院保持纯洁和令人满足的色调。但是做这种事不需要什么自我牺牲，我在其他方面也曾有过野心，最终我看到，没有人夺走我的机会，反而给了我机会，比如说，我的能力就与我所从事的工作相符。

由于我的天赋不高，只能尽我所能诚实地安排自己不多的知识储备。同时，我有很多的止痛药，我认为，人们仁慈地把这些药送给我，就像给易怒的孩子送去玩具。我曾经喜爱安逸和享乐，金钱和尊严，友谊和文化，面对这些，我也曾心满意足，因为我不配接受更高档次的礼物。就我的病而言，如果是发生在一个比较狂热、心高的人身上，很可能有着悲剧意义。但是对我来说，我的性格会使事情变得相对容易一些，我是微不足道的人，可以保持轻松愉快的心情，而且我也不必无力地恪守起源于模糊理想的那种谦恭有礼的举止。经过一次次祈祷，乌云真的在我头顶散去；我走出黑暗之谷，踏上比乌拉的土地①，四周是漂亮的林地景色，身边还有悠然自得的牧羊人陪伴。当我的痛苦再一次出现，我不仅从未悲叹或怨恨，而且在黑暗背景的衬托下，越发显现出我平静生活的魅力，我的生活本身就放射出精美的光辉。当一个老朋友对我表示亲切的慰问，并说我的病阻碍了我的事业发展时，我一下子就明白了他的意思。可是我认为，我的病根本不是什么阻碍，那只是对不安的虚荣心和完全不能实现的野心的尖锐批评。因此，耻辱山谷对我和我这样的基督徒来说，就成为整个朝圣路上最幸福的地方。那里能给我带来更大的收获，而且

---

① 比乌拉的土地，出自《圣经·旧约·以赛亚书62:4》。——译者著

我很想现在就说一说；但是此时，牧羊人内心平静的歌声变成了我内心的歌声：

低位者无患跌落，
低位者无可骄傲。

我是在尽我所有的力量随声附和。

以前我写过一本书，叫《静水之旁》，带有强烈的寓言色彩，主要讲述我的事业，那本书的错误之处在于其庄严的自我意识。我以为自己正在做着很好、超凡脱俗的事情，在一个人的生命全盛期寻找一种退隐方式，其实这意味着我描绘了一幅沉思者归隐山林的迷人图画，引起了那些忙忙碌碌的人们的忌妒，我现在说的退隐与这个意思不同。为什么不向别人隐瞒我的经历，我有着充分的理由，也许有些人走过与我相同的恐怖之路，人生目标和抱负同样未能实现。我想尽可能说清楚的是，我们不仅有可能忍受惩戒，尽管这种惩戒似乎一天天变得完全不能忍受，而且还有可能最终清醒地表现出感激之情，对未来怀有希望，因为我们的局限性得到了明确的界定，我们面前的路非常畅通。我不是说理想与抱负如此容易消失，但是我们不再自命不凡，我们会谦虚地承认自己是失败的人，没有成功地运用力量和机会，未能成为对社会有用、有一定影响力的人，同样未能为自己在尘世建造一个小的福地，在那里所有粗糙的成分都要被轻蔑地排除。我现在写的是为了安慰他人，不是为了我自己的快乐。当我这个徒步旅行者从涡流中逃脱出来，避开了深海巨怪和小岛林地里的魔女，我自然是满心欢喜的。

# 3

疾病本身是能够忍受的最严重的痛苦，因为所有疼痛和痛苦的背后推手正是疾病。身体由于其他原因而引起的疼痛和痛苦只能在大脑的某个区域留下印象，但是我患的这种疾病，正是大脑这个部位遭受折磨，所以大脑将受折磨的感觉回放，与所有类似的印象，无论是高兴的还是痛苦的，搅拌在一起，使所有的记忆和联想都受到毒害。当失常的大脑收到令人愉悦的情感骚动，大脑就会对自己说，曾经有一段时间这种情感是令人愉悦的；但是现在只能用来强调对比，因此，所有的快乐在源头就遭到毒害，大脑唯一的避难方式就是尽可能远地逃避所有的印象。即使是感情和同情也只能成为邪恶之火的燃料，同情不会带来安慰，对同情的理解这种行为本身也只能带来痛苦。

那么，从所有这种痛苦的惩罚中就显露出这样的问题，即这一切意味着什么，对我自己和其他人来说，这一切的重要性是什么——让我努力对自己绝对诚实。回顾一下，在我人生历程开始时，我没有任何罪恶动机，但是从另一方面看，我也没有任何无私或高尚的抱负，因为我喜欢安逸和舒适胜过一切。我没有深厚或强烈的感情，却很容易地赢得了感情。我有着某些确定的能力和活动领域，在生活的某些方面有着一定的天赋，无论是演说还是写作，可以做到表达清楚，吸引听众或读者，可是我的这些能力在逐渐变弱。你不能把你没感觉到的快乐传达给别人，而这种可怕疾病所带来的沉重负担致使你对美好的事物、兴趣爱好、人情世故和日常生活漠不关心。难道我自己变得更强壮、更有耐心、更勇敢了吗？一点也不是。恰恰相反，我发现自己懒惰、无精打采、昏昏欲睡、冷漠。恐惧、忧愁和悲伤所带来的精神负担让我焦躁不安地度过每一天，越来越倾向于抓住每一个细小的机会让自己得到缓解，这是精神疾病最折磨人的地方，让你失去自己的力量。尽管我希望为他人服务，就像以前我充满热情和乐趣时做过的一点点事情。可是我现在没有什么可以给予他人的，也拿不出什么与他们分享，我甚至没有发觉自己变得习惯于受苦。相反，我觉得久治不愈的病每一次发作都令我更加痛苦不堪和沮丧，我没有获得任何力量来帮助自己。我空虚的心灵就像诺亚方舟放出的鸽子，急切地拍打着翅膀，却发现四周仍是一片汪洋。

人的眼睛检验不了我的痛苦，人们的手抚慰不了我的痛苦，上帝似乎也对我的痛苦漠不关心。假如我不小心踩扁了一只柔弱的小虫子，使它致残，我至少可以让它结束痛苦，我不会站在那里轻蔑地以冷酷的目光看着小虫子挣扎着死去。所有痛苦当中最令我苦恼的是上帝创造了我，却又让我受到如此惩罚。我看到了自己的罪恶根源——那就是缺乏勇气、活力和自律，盲目地追求高尚的动机，急于贪图一时之快；但是不是我让自己如此的，这些是我在自己身上找到的品质，我之所以受到惩罚是因为我就是这样被创造出来的。

最糟糕的是，我对正义有着本能的要求，能够感觉到什么是公平、公正，可是对发生在我身上的事却根本看不到公平、公正。这就像有人看见一个孩子喜欢鲜艳、芳香的东西，于是在孩子的旁边放上某种带香味、漂亮的饮料，里面混入致命、有害的药物，看着孩子喝下去，然后嘲弄孩子的痛苦。我的悲哀也在于此，我被赋予那么热烈的爱，喜欢所有美丽、合意的东西，所以我对那些更高尚、伟大的东西没有冲动。遵循我的本能，我已经走进乱石丛生、凄凉的荒野。乐趣的毁灭并没有在我身上播下任何高贵的种子，相反，我的时光却用在回顾往日的欢乐。面对生活中的欢乐，一些严肃的哲学家们武断地认为多数的欢乐皆为浮华虚无，这点我还未完全理解，但我依旧唱着欢乐的歌。快乐与和谐，自然景色与天籁之音，工作与生活的乐趣，书籍、艺术和音乐，对所有这一切我似乎比以前更加渴望，我无限地需要它们。

我就像是被关在监狱里的人，透过栅栏往外望，看到爱和健康，温暖和光明，流过的小溪，人们的活动、笑声、热情和气息。这些美好的东西没有变，如果说有什么改变，那就是我变了。这并不是说我主观要刻意改变什么，可我已经意识到更高尚、更自由的某种精神正在我的内心世界里复苏，但愿这不是损失，而是收获。日子一天天飞逝而过，我越来越深地陷入懒散和徒劳的懊悔和绝望之中。难道这是上帝向灵魂发出的消息？如果可以，我会相信和热爱上帝，可是在我们之间有一条不可逾越的鸿沟，我跨越不过去。

那么剩下的是什么呢？那就是还要过下去的日子——无论我的生活多么轻微和受到限制，还有通过爱和友谊把我与其他人联系在一起的灵魂，要承担的责任，要说出的话，要完成的任务。尽管上帝由于某种原因不让我看到他的面目，但是他并没有遗弃我，我的这种感觉遥远而又模糊，我感觉上帝就在那里，我不知道这种感觉是如何保持下来的。如果我的意志能够更坚强一些，我所有失去的和我所有本应该做的，都会使我焦虑不安，如坐针毡。上帝的意志似乎是为众生，这种意志应当在光明、爱情、欢乐中越来越强大地上升。所以我应当落入自卑、绝望和耻辱当中，如果不是这样，我的痛苦还没有结束。而且我也承认，我自己的内心有一种力量，热切地想摆脱忧伤的阴影。我经历磨难那几年的回忆已经对我失去了任何威胁力。回顾起来，一切都变得明亮了，美好的东西还在，黑暗时刻就像灰烬一样一扫而空。

# 4

  我患病期间,最让我感到忧郁的是前往阿什伯恩①——真的很忧郁,因为从健康方面讲,那里本应该是我尽情享受疗养的地方——一座美丽的小镇,有着雄伟的教堂,古式的学校,精美的乔治王朝时期的房屋,所有这些都显示出了这里的优良传统,公民的自豪感;而且这里离峭壁林立的多夫代尔山谷很近,著名作

---

① 阿什伯恩(Ashbourne):位于英国德比郡的一个镇,因镇上的多处历史建筑和独立商店而闻名。——译者著

家艾萨克·沃尔顿①就最钟爱这里画一般的峭壁和空中林地。同样，先后有三位忠实的朋友一个接一个地来陪伴我，为我鼓劲，帮助我解除孤独感。但是我在那里受到了抑郁的困扰，那个辛酸滋味真的难以形容。我们住在一个漂亮的老式乡村别墅里，现在是一家旅馆，位于大街的一端。紧挨着我的房间有一座假山，在这春天明媚的日子里，我总是醒得很早，清晰的光线透过窗帘照了进来，我听见树枝上秃鼻乌鸦晃动着身子在鸣叫着，一个小时接着一个小时，似乎处于极度绝望的状态中。

前几天我又去了那个地方，还是住在上次住过的房间。我不只是体验到了完全没有病态的阴暗遮蔽，而且目前忙碌、心满意足的状态本身就在黑色的记忆背景衬托下，以光芒四射的感激之情显现出来。令我惊讶的是，我回忆不起来我在这里的忧伤，但是我特别清楚地记得自己散步时走过的每一条路，而且知道那个时候自己是漫不经心，拖着沉重的步子走的，与此同时，记忆坚持把我上一次的到访重现为一段真正的喜悦和幸福时光。我来到教堂，我曾在这里参加过一个仪式，接受精神折磨的拷问，那个仪式似乎是熟悉和亲切的。我步行前往多夫代尔山谷，尽管上一次我疲惫不堪地来过这里，但是脑子里还

---

① 艾萨克·沃尔顿（Izaak Walton，1593—1683）：英国作家，代表作有《钓鱼大全》等。——译者著

在继续回忆曾见过的景色，仿佛我曾经满怀热情快乐地观察过这里的山水。多么不可思议的魔力，这种魔力似乎能消除过去所有的暗影，好像这些暗影从未存在过，而且能够向你展现一个美丽的画面，一切都带着金色之光，这些能够不知不觉地使所有悲哀的价值观念变形，取代阴郁的忍耐力，贯穿其中，这一切我都可以观察得到，这是一种奇怪、现实的幸福感和满足感。于是，我日复一日地对自己说，不能容忍这种条件下的生活，最细小的偶发事情，例如暴雨或一点耽搁，都会使我发脾气或焦虑不安；伙伴们表现出的最细微的不满迹象似乎都是无法克服的困难。我现在需要慎重努力地去回忆这些，本能地从整体上回忆是一个轻松愉悦的经历。

头脑在回忆往事时如果能抵制所有悲哀的成分，这种力量肯定是大有希望和美妙的。这能够说明，无论多么悲剧性的经历，根本影响不了创伤的愈合。假如记忆存在于血肉之躯，没有什么事情需要往恐惧的方面去考虑。失败、不幸的事，甚至罪恶也许都可以在祝福的圣光里看到，它们同样在灵魂塑造的过程中起到了作用。你甚至不用后悔，因为这些不过是我们某些缺陷表现出的迹象，天国阶梯的台阶，还是要去攀爬。如果你想起对别人做过的错事、糊涂事，以及你曾经的愤怒，你暴躁的脾气，虽然这些行为不会受到赞美；但是，别人或许已经忘记了我们不端行为带来的刺痛，那么我们还有什么必要后悔呢？我们没有必要把过去做过的事情放在心上，这些已经为我们积累宝贵经验做出了微妙的贡献，而回忆则把我们体验过的转变为丰富和奇特的经历。这不是说我们通过对喜悦的追忆来欺骗自己，相反，如果我们为眼前的状况和所遭遇的麻烦而着急或烦恼，那才是在欺骗自己。有些过程我们必将经历，有些惩罚我们必将经受，一切都会很好，回顾起来也会觉得很光荣。正是因为存在于我们内心的灵魂起着作用，这一幸福的转换是崇高、慷慨、令人高兴的。正是因为理性和想象在欺诈我们，所以内心的灵魂更聪明，就像一条蕴藏着金子的河流，将金子冲入河床的缝隙和空洞里。

奇怪的是，欢乐幸福的时候，我们觉得时间过得飞快，对时间的概念是那么模糊，有着懒洋洋的满足感和闲散的心情，觉得每件小事的细节都那么甜蜜。当我们不得不面对悲痛的事，时间却迈着沉重的脚步走得极慢。我们受到诱惑，认为幸福是错觉，悲伤是苦涩的真理，那是多么令人痛心啊！然而，时光流逝，我们在路上的某个拐弯处回头看，眺望着静静的山谷，我们曾是那么艰辛地穿过这片幽谷，脚上流着血，喘着粗气。可是心灵已经把所有这一切弃置在一旁，为所有对我们有好处、值得忍受的苦难涂上光彩夺目的色调。假如我只是正确地做出了解释，那就表明在人生的历程中不能没有磨难，甚至在我们最黑暗时刻，找不到明确的方向，我们也从未偏离上帝之手的掌控，他会向我们伸出援手，挽救我们。

# 5

在我患病的大部分时间里，我最大的忧虑就是害怕自己的智力突然衰退。曾经有一个时期，我只能无助地坐在那里，任凭恐惧感越来越强地向我袭来，势不可当地吞没我身边的所有事物，让我感受到极大的痛苦。即使是把我放在魔鬼的大锅里煮，致使我疯狂地丧失理智，那又会怎么样？有些时候我总是担心，如果哪个人突然出现在我面前，我是否能说出明白易懂的词句，这样的事确实发生过，我发觉自己总是能够做出反应，比如说，给颤动、沸腾的容器盖上盖子，或与他人做基本的交流。可是我的恐惧感太强烈了，所以出门时我总是随身带着一个信封，里面的信纸上列出需要做的事，以防我出现精神崩溃的情况。到了晚上，我觉得可以把可怕的信纸烧掉时，我庆幸自己幸福地度过了一天！

我常常急切地想知道自己能以什么方式控制和征服这种恐惧感。在某种程度上，这是不真实的事物，因为我的感官根本没有受到损害，备受折磨的头脑却反复不断地充斥着丰富的想象和各种模糊的可能性，总是担心有什么可怕的事情在等待着我，意志力似乎无力帮助我。

恐惧感是我们人类遗传因素中非常奇怪和可怕的一部分。我认为，其存在的理由是生存的本能。如果不是因为恐惧，害怕死亡，我们往往会倾向于完全终结自己悲惨的境遇，在面临危险时做出很少的努力来解救自己。紧急关头，恐惧感能够迅速地唤起我们的创造力，这是能使我们活下去的一种本能，远比我们其他的能力更为重要。

有些令人厌恶的东西却在干扰我们的乐趣，假如一阵恐惧感在你欢乐的时刻突然而至，不仅会使你的欢乐情绪荡然无存，还会让你感到困惑，不知道自己什么时候可以有心情或者有勇气享受乐趣。然而，这是一个非常特殊的事情。我们都知道自己终有一天会死，所以在日常生活里，人们对这一常识都表现出无所谓的样子。即使人们患上绝症，如果已经习惯于死亡，他们就会失去恐惧感，甚至为自己终于有了这样一个无所顾虑的时刻而感到庆幸。奇怪的事情在于，尽管我从不知道会发生什么事情，无论多么不幸，多么令人震惊，人们能够预料事件的发生，却没有学会控制恐惧感。在写这本书时我想到了一个悲惨的故事，那个故事使我受到了打击，如果有人事先告诉我，这件事即将发生，我不可能接受；但是当事情发生了，我却以奇怪的宁静加以对待，把它等同于所有的紧急事件。

　　你越是有恐惧感，你就越容易养成恐惧的习惯，允许自己有这样的感觉，从而使自己的精神状态更加糟糕。最好不要直视悲惨事件，除非你有义务或被迫这么做。你不可能通过训练使自己这么无动于衷，如果你能更好地应对恐惧感，你就会使自己变得更快乐一些，更洒脱一些。人性里有一种奇特的本能会阻碍快乐，就是忌妒，在古希腊神话中，众神对过于幸运的人就强烈地表现出这种概念。古希腊人生哲理认为，成功的人开始是快乐的，接着他们的快乐就呈现出粗野傲慢的特性，而这预示着他的灾祸近在眼前，古希腊人把这种极端愚蠢的行为称之为致人毁灭的盲目冲动。你可以在罗马人和犹太人身上看到与此相同的本能。古罗马诗人贺拉斯说，受过良好教育的人往往羞于谈论自己的成功。希伯来语诗篇作者说道，敬畏上帝是智慧的开端，这种敬畏不是抑制罪恶的那种恐惧，而是指另一种恐惧，那就是飞黄腾达本身就含有灾难的种子——爬得越高，跌得越重！

我们常常忘记自己生活在这个世界需要获得经验，我们总结一些伟人的生平时，很少自问一下，伟人在自己的人生历程里是否也不可避免地遭遇过失败和磨难，而是认为他们一直在不断地获得成功。

我们为什么对面前出现的一些事物感到恐惧，其实并没有什么原因，我们不应该本能地感觉自己正在做的事情似乎是正义的，是在以某种方式平息天谴，就像一条狗，听到主人愤怒地朝自己喊，吓得一下子倒在地上，无奈地放弃抵抗，我们应该在各方面分散自己的注意力，通过工作、消遣和学习的乐趣来驱除恐惧感，而不是向恐惧感屈服。一位老政治家说过："我一生遇到过很多悲惨的事情，但最糟糕的还从未出现过。"

我将在别的地方讲到生活的两种类型，它们非常奇特地混合在我们每一个人身上，一种是外在的，那就是符合习俗和惯例以及日常交往规则的理性生活；另一种是内在的，那就是心灵隐秘的活动。正是理性和想象力纵容恐惧感，所以要尽可能地活在内心体验当中，一种孤独、稳定、无烦恼的内心生活。有一个奇怪的著名团体叫基督教科学派①，这就是他们的秘密，实际上也是所有寂静主义者和神秘主义教派的秘密。

基督教科学派在很大程度上受到虚假甚至愚笨的形而上学的阻碍；但是其精华和力量在于其崇拜者的不断实践，可以说，这些信徒突破了外在、忙碌、焦躁、理性的短暂生活和人类有限的能力，一心投入平静的内在生活。他们根本没有必要为了这么做而宣称信奉基督教科学派的教义，这么做是克服肉体生活障碍的唯一途径，可以帮助信徒摆脱沉闷而又杂乱的世俗生活。他们的错误之处在于试图假装认定外边的邪恶根本没在那里，实际上，邪恶还在那儿，还是那么急迫和强劲，而且由于其带来了各种令人不安的痛苦，邪恶为我们做出了很多奇妙的事。但那只是转瞬即逝的东西，就像河面突然出现的涟漪，而宁静则像是永恒不变、清澈透明的水流，始终在河里流动着。真正的征服是认知真实的价值，如果我们被一些有名无实的身外之物所迷住，比如地位、身份、习俗、抱负、成功、安逸和财产，我们就会继续恐惧，因为恐惧感往往是和这些东西编织在一起的。如果我们认识

---

① 基督教科学派（Christian Science）：亦译为基督教科学会、基督科学教会，1879年由玛丽·贝克·艾迪创立，总教堂位于美国马萨诸塞州波士顿。此教派的教义主要来自她所著的《科学与健康暨解经之钥》。艾迪宣称，既然上帝是绝对的善与完美，那么罪、疾病和死亡都与上帝无关，因此都不是真实的。这个物质世界是虚幻的，真正的真理和存在都是在精神层面上，所有物质上的"错误"都可以靠更高层次的灵修来解决。——译者著

到，简单朴素、慷慨大方、生活有乐趣、人与人之间的亲密关系和真诚友谊才是真正的生活，那么恐惧感就会逐渐消失，因为这样的生活与那些东西没有关系。这样我们就能感知，无论隧道多长，多黑暗，灵魂都能毫发无损、勇敢地穿过，也许脸色有些苍白，身心有些疲惫，但是我们可以满面笑容，最终迎来光明。

# 6

疾病的疼痛已经足够折磨人，但还不是使人受不了的，威胁不到内心深处的灵魂。我回到生活当中，不再惧怕疾病，我的确害怕疼痛本身和受苦，但是不害怕生活。船帆破了一点，但是能比以往承载更多的风。尽管有些日子整天疼痛，那个时候你似乎在生命中找到了最深层的东西，但是在隐蔽的地方总是存在着一种可能性，也就是说，对你的祝福也许可以使你的紧张情绪放松，而且生活一直就在那里，在阴暗之塔和阴暗之屋的外边，不时袭来的痛苦静候在那里。

于是我带着一种比以往更深切的好奇心回来了，很想知道是什么缓解了疼痛。我不能装模作样地说，那个时候我就能感觉到疼痛的背后存在着爱；但是力和运动就隐藏在疼痛后面。让我感到恐怖的是，疼痛似乎抓住了我不撒手，准备停顿在那里，而且似乎不会穿过我向前走去。我拥有的所有财产和物品形成了一道壁垒，而疼痛好像把我推到这道壁垒上，使我无法超越。这一直是我病情的弱点，我从不把自己得到的东西传递下去，这些东西来到我身旁，我接受了，然后就放在那里。我就是这样没有注意到生活的意义，因为生活的意义似乎就涉及这个问题，也就是说你不可以老是想着把东西留住，而应该考虑传递下去。当最好的东西来到我身边，如一位诗人说的那样，我的歌只是为我自己的欢乐在唱着，而不是我把歌唱给别人听。令人悲哀的就在于此，我确实能够尽可能清楚地认识到，生命的力量和意义在于渴望把美好的东西拿出来与他人分享，或者更好一些，捐赠出去，而不在于独自欣赏或享受这些东西。在我看来，美好的东西，它们的光泽、色调和形状，它们的魅力和精妙，甚至它们的价值和缺陷，你对这些越是有感觉，你就会变得越难割舍。

我以前的生活就是这个样子，我似乎为别人做过一些事情，可实际上我并不是为了他们的利益而做的，只是为了满足自己的需要，获得能看到和享受的宁静。在我从事教学工作的二十年里，情况就是这样——我努力工作，争取创造平静、有序、美丽和纯洁的校园氛围，并不是因为我具有强烈的情感，渴望让大家来体验这样的氛围，而是因为我这么做可以安心、平静地品味自己的工作。我承认，失去自我就会找到自我，但是这如何才能实现呢？我看到有些人无论多么不愉快都勇敢、真诚地承担着他们的职责，但是看上去，他们的职责似乎从未触动过他们的内心，像我一样，他们似乎没有放弃自我，而是不屈不挠地加强自己的孤独感。另一方面，你见过一些人，他们缺乏责任、正义和权力方面的理论指导，无论什么时候都在简单和不费力气地工作，因为这是他们的做事方式，而不是他们的选择。

我家的老保姆就是这样一个人，她因病曾长期卧床不起，头脑时而清楚，时而糊涂，前些日子去世了。究竟什么是幸福，她从未想过，甚至从未有意识地去考虑什么是责任，她把自己一生的活动和想法都献给了她所爱的人。对他人，她有着精明、不是一味容忍的判断，但是她从不把自己和别人进行比较。她只是做着自己的事情，对安逸和欢乐没有多少欲望；如果家里谁生病了，照顾病人是她最高兴的事，每一件细小的活儿她都记在脑子里。这不是忍让，因为这与意志根本没有关系；这也不能用来评判一个人是否善良，这是一种朴素的爱。由此可以说，这是世界上最完美的行为，因为这里面不含有任何算计或被迫的因素，就像河水自然地流淌，玫瑰花开会芬芳，似乎也像是灵魂世界的心在跳动，内心深处的灵魂在呼吸。关于我伟大而又黑暗的经历，我也许会犯下的错误是经受不住诱惑地去考虑："从中我获得了什么？"那时，你似乎只是在所有熟悉的人中传播痛苦，他们见过你受难，却无力帮助你。即使你试图采用更宽的视野，问道："一个人承受着如此沉重的磨难，不可避免地忍受着世俗悲伤，在什么地方会有收获吗？一个人，喝下了那么多苦酒，就能为其他人减少生活中必须有的一些疼痛吗？"对此好像没有什么答案，正是不知道痛苦是否与世界或自身有关联，才使得痛苦难以忍受。缺乏这种认识，这样的痛苦似乎就是无法想象的浪费生命。人们当然希望，痛苦的经历只是炉渣——丑陋无比的东西，曾经有用，以后也许还会继续有用，但是没有炉渣，火焰不会献出其神秘的方子，为服务人类熔化凝固的金属。

# 7

  在那些黑暗的日子里,有一个事实让我幸运地领悟到了。在我最糟糕的时候,做事和不做事都是令自己讨厌的,思想、情感和记忆都存在着某种狂躁的痛苦,哪怕是做出最小的决定也是一种折磨。我就像一个心不在焉,沿着满是乱礁的海岸游荡的人,上面是悬崖绝壁,眼前是波涛汹涌的大海。我似乎在岩壁上找到了一个落脚处,可是从这里无论是前行还是后退都是不可能的。头顶上悬崖湿漉漉的黑色峭壁太陡了,不可能爬上去,我只能等候着脚下沉默的巨浪铺天盖地地向我冲过来。我感到无助和无望，感觉自己已陷入绝境。尽管如此，我莫名其妙地没有失去理智，知觉和思维的每一条通道似乎都被堵塞了，做出反应和决断的每一根神经似乎已经瘫痪，然而在我的内心城堡里，我的生命和精神依然是自由的，未受到攻击。我人体运转部分出现了失调情况，而不是最深处的生命之泉。

以前我从没有能力在躯体、头脑和精神之间划清界限。躯体、头脑和精神快乐地一起跑着，一起悲伤，一起歌唱。但现在，我真的感觉到，其中有些东西不仅不能因为这些灾难而改变，实际上也是不能改变的，所有因素的肆虐也许消耗的是其本身，不会使人致残、受伤或毁灭，哪怕是最小程度的。

欢乐、情感、活力和生命之泉就在那里，就像神圣永不熄灭的火焰，也许可以被身体释放出来，但是不会被毁坏或分解。尽管一方面我是漫不经心、自私自利、贪图享乐，另一方面我是疲倦痛楚、身体不适、意志薄弱；但本质上我仍然是纯洁、生气勃勃、有胆量和强壮的。头脑无法依据凡人的希望、活动或幸福来自我表达——这样做的任何努力都会使病变的神经悸动和刺痛，使人陷入不能忍受的悲惨境地——虽然如此，但它原始、古老的力量就在那里。

我不能说这给了我任何力量或勇气，这只是一种必然，一个我不能怀疑的事实，对此我还无法进一步去探究，甚至死亡也不会使其沉默或终止。这里面没有是否努力或是否有耐心的问题，就拿快乐与力量来说吧，我还无法触摸或改变其重要本质。本质这种东西甚至比自身还要深奥，因为抽象的存在体没有满足不了的欲望，没有实现不了的愿望。它存在着，眼观六路，无所不晓。它不能将其秘密反射到倦怠的大脑，或使无力的肢体恢复；但是它是那种持久不变的东西。它对斗争或冲突没有感觉，它不关心责任或荣誉，羞耻或痛苦，它只是存在。

我曾说过，这个想法没有给我带来欢乐和帮助，甚至完全相反，因为我知道赦免是不可能的。在那段时间里，我的痛苦就像秃鹰啄食着普罗米修斯的肝脏，几乎没有哪一天不是在迎候着死亡，突然和迅捷的，任何方式，只要能让我不断的疼痛停止。但是我知道，这只能像是把某种野兽从洞穴里驱赶出来，让它逃到绞刑架上。

以前我曾轻松地相信不朽，模糊地把灵魂想象为空幻的人类形体的东西，其思想和日常活动我则无法想象。长期以来，我一直把天堂看作歌手们欢聚的广场，他们在那里不知疲倦地歌唱，上帝在一边心满意足地倾听着，我的这个想法似乎非常幼稚。我还想到过死后，天堂是灵魂生长、能量积聚、经验积累的地方。但是我现在感觉不到这些，因为摆脱了物质和智力，核心原则似乎比我所设想的任何事物更古老、更贤明、更绝对。这不是说，灵魂可以向智力通报，或对头脑产生影响，智力和头脑似乎仍然被迫处于猜测和困惑的状态，只能试验性地接近真理。但是灵魂则在它们之上，尽管还没有清楚地向我显示其奥秘。

我如何能够表达不可言传的东西？没有哪种类比法能解释清楚这个问题。灵魂居住在我的体内，就像人住在房子里那样，尽管房子看上去似乎遭到破坏，摇摇欲坠，并且在百叶窗的遮蔽下里面是肮脏、黑乎乎的，但里面的居住者似乎一点也不惊慌失措或担忧，而是准备在必要的时候离开这里；与此同时，居住者继续坚持自己的路，执行自己的计划，对自己的意志没有给出暗示。我对恢复健康不抱有希望，我只期待自己的大脑和身体以某种可怕的方式崩溃。

在我自责自己漫不经心、琐碎地生活，愚蠢地错过了许多机会，萎靡不振的状态以及我的任性时，灵魂什么也没有说，没有安慰，没有责备。我没有感觉到，灵魂对我进行过严厉审判，或者为我找借口；灵魂似乎在忙别的事情，平静地等候着，直到能够从头脑未关闭的窗户向外看去，它非常安详，泰然自若。

既然我已经有了活动能力，冰冻已久的头脑似乎开始融化，又有了思想、情感和兴趣，我觉得灵魂仍然在那里，没有改变，安然无恙。它似乎在这段经历当中既没有什么损失，也没有什么收获；无论是身体还是头脑都汲取了教训，没有挥霍它们的力量，从容地应对不断变化的各种压力，搁桨停划休息一会儿。但是灵魂就像对病患和绝望那样，对所有这些关切一笑置之，继续沿自己的轨迹前行。就像林子里的鸟被关在笼子里，该吃吃，该喝喝，从一根栖木跳到另一根栖木，唱着自己的歌；但是它满足于等待，没有悲伤，没有苦恼，没有焦急地拍打着自己用不上的翅膀。

我已经尽可能简单地讲述了这一时期的所有经历。也许并不是什么不寻常的经历；也许早就有人意识到了肉体生命、智力生命和灵魂生命三者之间感觉上的差异。我只能说，这段经历对我来说是新的，使我深感意外，无比震惊，让我坚持过来，重新回到正常健康的状态和活动当中。如果有人问，这段经历给我带来了什么，我只能说我已经感觉到了永恒的真理。这段经历并没有给我新的行为动机、新的理想和新的愿望，但我发觉自己比以前更渴望友谊和与他人的亲密接触，迫切地需要工作，更容易被美好的事物所感动，喜爱令人愉快的想法。

大自然的景色和声响依旧那么可爱，柔和的阳光普照着果园，普照着远处的树林和山谷，还有那座老宅的小山墙和长满地衣的瓷砖墙面——所有这些像以前那样使我的感官得到满足。傍晚天渐渐暗下来，黯淡的天空隐约露出了星星，松林那边传来风的叹息，溪水欢快地流淌着——我觉得一切都比以前可爱。

我又重新有了生活的乐趣，对生活有了过去不知道的新鲜感和甜美感。疼痛和倦意都离我而去，我就像沐浴在清澈的泉水里，头脑一下子变得干净了，泉水洗去了我所有混浊的悲哀。我以前缺乏什么呢？那就是对永存的理解，对永恒的理解，对变化和死亡无动于衷的感觉，这些感觉现在已经最大程度地出现在我身上。

我根本没有领悟生命的奥秘，关于爱和美的秘密、痛苦和死亡的秘密，我并不比以往理解得更多；但是我知道我可以等待——实际上不只如此，我知道现在的我，将来的我，都不会停止存在。与他人、时间、空间、物质的关系，所有这些调整还和以前一样隐秘，凡事不可操之过急或者缩短过程，该走的每一步必须去走，而且是独自行走。

我还感觉到，除了进入黑暗，我没有其他方式可以获得这样的体验，在黑暗当中，生命和快乐的每一种机能，与世界的每一种联系，各种能量和活动能力，不仅无助于我，还变成了一团折磨我的乱麻，那里没有出口，也不能解除我的痛苦。

我不但没有极端厌恶地想到那些悲惨的日子，反而对每一次疼痛之触、每一个无法入眠的痛苦之夜、每一次自卑并且说不出口的忧虑、每一阵片刻的恐惧心存感激。因此，我最终领悟到这样一个事实，即每一个个体生命中或背后绝对存在着某种东西，任何磨难也不会使其受到伤害，任何衰变也不会使其感到触痛。

# 8

在我恢复健康的这些日子里，我在同样的事情上受到了另一个极大的惩罚，就像一把锤子把钉子钉到了尽头。有人要我去看望一位老朋友，因为他病得很厉害——实际上他已经对自己的生命感到绝望。他努力让自己稍微有些力气，但是大家都清楚，他可能活不了多久。我怀着紧张不安和阴沉的心情去探望，尽管我知道这不是真实的，而且为自己故作庄重而觉得羞耻，可是，就这样一个场合而言，我无法放弃本能的感觉。我对自己说，病人最看重的是有人非常自然、轻松地同他谈论普通的事情和普通的兴趣，不要提及困扰他的病情。根据我的亲身经历，我很清楚地知道，如果陪伴的人忽略病人愁苦的状态，好像一切都很好似的与病人交谈，就会减轻病人的痛苦。然而，我们很多人都有的、很难丢弃的那种奇怪的本能，仍然会时不时地突然做出暗示，这是一个肃穆的场合，言辞需要妥当。

　　那位老朋友躺在一楼的房间里，窗外是一个小花园。当我看到他死人般的面容时非常震惊，他的眼睛和眉毛留下了疼痛的皱纹，面颊向下垂着，两手无力。当他向我打招呼时，他的声音似乎来自遥远的某个地方，像是风的叹息。我客套地说了几句，然后坐下。我们谈了一两分钟，谈的都是些无关紧要的事，就在这个时候我突然意识到，尽管这个可怜的躯体几乎就要解体，可我的朋友还是躺在那里，在那奇怪的面具之后，完全还是过去的样子，精明、敏锐、幽默、心地善良。他几乎没有什么改变，除了他所说的慢慢变老，不时地觉得呼吸费劲。于是我开始与他谈一些平常之事——谈到了一些书、一些事件、一些人。他躺在那里，对我说的话始终是感兴趣的。我们都知道他的日子屈指可数，所以，尽管有时我们偶尔相互挥挥手，微笑着，可是我们都明白，眼前不可阻挡的毁灭洪水很快就会把我们完全分开，从此以后我们必须分别继续自己的旅行。我使劲儿睁大眼睛，望着远处海岸上的身影越来越小，越来越模糊，最终他肯定会舍弃一切，向前走入寂静圣地。因为经受过痛苦和沮丧，所以我变得有些明智，有些深情，我发现他的精神、他的思想和他的性格没有改变，这些也是不可改变的，害怕或悲哀是软弱和怯懦的表现。这件事充满着惊奇、充满着真理甚至充满着兴趣，我们彼此的关系像以往那样亲密，我们的精神还是那么坚强，那样鲜明，那样不屈不挠，更加适宜于我们的相互陪伴。正在发生的这一切预示着他即将踏上自己的旅途，而他走的这条路终有一天我也要走，而且对他来说，这不过是开启了一个新的体验，探索一个新的充满奇迹的领域，正如生活曾是那么熟悉、那么美好，所以对他来说，新的生活同样会是丰富和令人渴望的。他的新体验会是什么样子呢？这个我猜测不出来，但是我认为，与尘世生活相比，肯定不会缺乏令人愉快、积极、兴奋的内容。

当一个孩子出生在这个世界，你就观察吧，最奇妙的就是孩子认为自己周围的环境是理所当然的，孩子依偎在母亲怀里，毫不怀疑自己是受欢迎的；接着，孩子开始感知发生的事，开始动脑子打量四周，他会笑，会懂得爱，会模仿大人说话，会坚持自己与家人相处的权利，他丝毫不会觉得自己是个陌生人或是被悲哀地流放到这里的人，孩子把所看到的归属于自己。任何新生都是如此，对此我没有疑问，我们将以相同的轻松感、安全感和拥有感进入看不见的世界。开始时，你在那里什么也不用学，什么也不用询问，什么也不用感到惊奇。我们只是毫不犹豫和没有争议地落入新的居住地，那里将成为你熟悉的地方，那是我们自己的地方、自己的圈子。小孩从来不会对你是谁、这是哪里有什么疑问，在万物的规划里，我们微小的体验空间会得到保证。我并不是说，我们的分别没有悲痛和忧伤的感觉，因为悲痛和忧伤是不可避免的；但是没有给我们留下恐惧的空间。

当我意识到我的朋友处在新的起跑线上，那真是一个伟大而又欢喜的时刻，就好像他微笑着从颓败的房子窗户朝外望去，有了力量和内心的宁静，尘世的琐事暂时放一放，那能有多大关系。但是我认为，尘世的事务是令人愉快的，其原因并不是因为行为和职责本身有什么价值，只是因为运用力量和能量的精神是惬意的，就像小孩子摆弄积木和玩偶，这是孩子的乐趣，他的力量，他的想象，使得玩具有了意义。这是他正在建造的城堡、他正在照顾的孩子，积木、玩偶，不过象征着其内心深处的某种思想，某种令人愉快的设计。

那天我们没有提到分离、痛苦或者暂停的活动，我们只是像往常那样交谈着，计划着下一次会面。离开时我有了这样一种感觉，那就是外表的事物不重要，我和我朋友面前的时间有很多的体验，有各种要享受的乐趣，有要企盼的希望，有要从事的活动。展现在我们面前的能量是那么多，用之不竭，非常长久。不朽的观念就像太阳的光照耀着我们，像太阳的热温暖着我们，从这个意义上讲，病患和死亡带来的小小的干扰是没有任何价值的，那只能像是飘过的云在广袤的生命平原留下的阴影，成群结队的朝圣者走在这片大地上，一些人徘徊，一些人抓紧时间赶路。与各行各业的朋友一起走向快乐的广场，一路上你会非常强烈地感受到许多令人愉快的事情，许多可以分享的乐趣。

# 9

如果说我的病向我揭示了灵魂的存在，一种抽象的实体，深奥、不灭、神圣，完全脱离物质生活、智力生活甚至道德生活，那么我怎么多说也不会过分。

也许有人会说，在我成长的过程中，一直接受宗教信仰的熏陶，喜欢思索人类生存问题，对所有与内心生活有关的事情都感兴趣，或者相信自己感兴趣，我以前就该发现这一点。虽然如此，我那时并没有意识到灵魂的存在，我一直过着旁观者的生活，大多数快乐来自于视觉印象，注重所见到物体的形状和颜色，以及它们别致和浪漫的品质。此外，我过着知识分子的生活，喜欢读书，尤其喜欢读人物传记，喜欢研究思想观念和人类性格；我还痴迷于所有与艺术有关的事物，例如艺术品、山水风景、建筑，甚至搞艺术的人，因为他们让我领略了艺术家特有的品质和独特的魅力。但是在我深受病痛折磨的时候，所有这些兴趣都消失了。

我发觉自己读不了书，也不能清楚地思考问题。无论我看到什么或听到什么，本该唤起我的兴趣，现在却让我感到心烦和痛苦。美丽的景色、古老的建筑、令人愉快的人，这些只能使我的精神受到刺激，使我陷入凄凉的苦闷当中，因为我想到了自己失去的所有欢乐和智慧。我常常问自己："如何才能享受生活？"所有令人愉快的知觉在源头受到毒害，这种感觉给我带来的是最深切的疼痛。美丽夏日的景色和声音往往使我情绪低落，那种说不出口的忧郁我很难描述。置身于美景中，阳光落在花草树木上，落在老宅子的山墙上，那上面攀爬着藤本月季。看到眼前的景色渐渐消散在远方，那树林、坡地、蜿蜒的山路、土丘，都让我产生了不可名状的痛苦，置身于这一切的中心，我这个患病的、筋疲力尽的、畏缩的人，没有喜悦，也感觉不到快乐的前途。

生活的乐趣就像炽热、带着火的箭落入我受折磨的敏感大脑，这种挥之不去的感觉正是我不幸的病根，真是难以置信。同样还有无助的感觉，那就是我觉得无论怎么做也不能弥补我已失去的东西，我必须一小时一小时地受着折磨，如果能殷勤地、合乎礼仪地在生活中演好自己的角色，尽量不让身边的人知道我的病情，我就谢天谢地了。

随着天数变成周数，周数变成月数，我的悲惨状况并没有得到改善，我开始意识到，起初是迟疑的，接着是确信，我还是我自己，过去的已经过去，我的不幸遭遇并没有使我的身体受伤或受到损坏。我就像个失明的人，尽管视觉大门被关上了，仍然凭感觉知道，自己接收印象和解读印象的能力还在。我意识到，身体出了毛病，思想器官功能衰退，感受能力和理解能力受到阻碍，但我始终认为，缺陷在我患病的躯体，而且不仅事物本身与以往一样真实、美丽和实在，我自己内心也是这样想的；虽然我无力运用，但我内心仍然保持着判断能力、爱的能力和欣赏能力。

我不是说这有助于我恢复健康，因为这些对于我来说似乎没有什么作用。我甚至更加清醒地认识到身体是如何无力，以致不能对任何印象、愿望或抱负做出反应。但是我了解到，存在的自我、存在的同一性、存在的深层本质与以往一样强壮，一样充满活力，一样不朽。我已经弄不清知觉机理、生命机理和意识机理，而是把这些与我的内心生活混淆起来。现在我终于领会到，任何力量也不能攻破灵魂的神秘堡垒。

有一段时间，我就像是被关在黑暗阴冷的地牢里，手指状的光线穿过头顶的透气孔一天一天地照在湿漉漉、发霉的墙上；但是我知道，即使我更深地滑入悲惨的境地，即使我的理性准备放弃，即使死亡本身降临在我身上，我仍然应当待在那里——我常常就是这样虔诚地渴望着。

如果充分重视的话，这一令人恐惧的经历原本应该彻底地让我不再追求物质享受，可是事实并非如此。随着健康的恢复，身体再次坚持维护自己的权利，要求享受阳光和空气，美食和运动，让你瞬间就不会希望有别的什么情况出现；但是这段经历使我除掉了身上以前表现强烈的一种品质，那就是我以拥有财产为乐趣的占有欲。我不是说，人们不需要渴望生活的各种便利条件；但是在过去，我有着很强的拥有感，觉得书籍、油画和家具能以一种特殊的方式展示一个人的生活。就像希腊寓言里，灵魂告诉自己拥有大量的物品，已经贮存了许多年。

以前那种拥有的感觉现在已经抛弃了我，我是以一种奇怪的方式意识到这个事实的，我在沼泽地那边有一个十分舒适的房子，离剑桥郡主教城不远，在那里我收藏了各种各样的财物，老式家具、家庭纪念物、金银餐具、各种方便用具，这些东西曾让我感到赏心悦目。正是在那所房子里，病魔开始慢慢向我逼近，使我一直处在病态当中，所以我变得古怪起来，有意回避这所子，不敢去那里。为了过着自我封闭的幸福生活，我曾经精心规划了那里的一切，我忍受不了看到我的梦想破灭。在我的病快好时，我找了个机会原封不动地把这所房子租给一位朋友，在我病好后不久，我去那所房子住了一天，一开始我还没有意识到自己发生了什么改变，后来我发觉自己完全是带着一种超脱感，甚至是好奇感看着那些珍藏的财物。我以陌生人的目光打量着那些东西，没有了拥有的感觉，也几乎没有了占有这些东西的欲望。等我的身体状况更好一些的时候，我开始把钱花在各种不同的设计上。说来也奇怪，在我患病期间，我的钱快速地积累下来。

拥有私人财产的那种特殊感觉似乎已经离我而去，与此同时，谋取个人荣誉的欲望也消失了。我对此还是感到相当疑惑，因为我拿不准，这么做是不是害怕麻烦，害怕承担乏味的社会义务，害怕缴纳各种苛捐杂税和偿付各种款项。有抱负的人毕竟要为社会做出贡献。我由此得到了解脱，不再渴望或追求名声；我愿意对朋友进行评价，为的是让他们觉得愉悦，并不是冲着他们的荣誉称号；我选择使我感兴趣的生活，而不是让我成为突出人物的生活。

我的病使我卸下了所有的负担，从世俗的观点看，这是一种失败，说明我的名声还不够强大，抓不住机会，害怕承担责任。但是感恩知足地从事简单的工作，平静地希望自己是个有用之人，追求更真实、更充满活力的幸福，就能对此做出平衡。最后一点，就是与他人建立亲密关系的深切渴望，给予别人爱以及接受别人的爱，是我们不惜任何代价都要做好的一件事情，因为我们要在自己的生活中去培育爱，坚持爱。

# 10

我沿着石板铺成的小路向果园走去,路边有一些红豆杉,形成了天然的树篱。我的右侧,日晷勉强从薰衣草丛中显露出来,石板上长着青苔。她规划并设计了这里的一切,种下了芳香四溢的花草树木,那时刚种下的灌木是那么矮小,可是她已经不在了。正是在这个地方,越过果园的青草地,远处可以看到一条路,弯弯曲曲沿着陡坡从树林里钻了出来。当时还是夏天,她对我说,她喜欢看到那条路,因为会有人从那里走过来。再往前走几步,迷迭香花丛下有一块牌子,标明这里是一条老狗的坟墓。

这只柯利牧羊犬意识到自己快不行了时，果断地掉头跑回自己的窝里等死。从高高的、刻有姓名首字母和日期的山墙，到客厅的窗户，这座老宅在讲述着消失的生活，那里曾经有多少双渴望的眼睛透过窗户最后看一眼天空。假如我们曾生活在爱和欢乐当中，我们能有什么样的机会利用身边变成废墟的地方？在那里，每一处房舍、每一片田野、每一座高山，都在追悼某个再也不能浮现的东西。假如我们真的设法生存下来，并踟蹰前行，为这样的生活建立的希望是寄托在将不快慢慢视为愉快，将遮蔽阳光视为提升幸福感悟的基础上，那可是多么可怜的一个解决方案。逃避悲伤之事的侵袭，总在设法获得赦免，总是计算我们的收益，虚饰我们的记忆。将生活变成一种疲弱的艺术、一束愉悦我们感官的花，充满着音调和色彩。即使我们能够艰难地前行，那不也只能是在欺骗自己，以为人类思想与我们自身一样是短命、逐渐消失的吗？按照这些条件进行生活不可能是严肃的事情或真实的事情，只能成为舒适的车子的驱动器，带着时时存在的恐惧穿过风雨，担心自己随时都有可能被叫下车，说再见。

　　当我们领悟到了我们对不朽的认识，所有这些平静的沉思和断断续续的回声变得就不同了，我们就不会把太多的心思放在生命的装饰物上，放弃财富几乎变成了一件令人高兴的事。就像一个恋人旅行去见自己爱着的人，一路上他并没有忘记吃饭喝水，我们可以像他那样淡然地运用生命。我们的思想不再集中于美妙的色彩和悦耳的声音，因为头脑知道自己正在穿越这些东西。那些我们爱着的人不再只是让我们高兴的人，我们从他们那里获得乐趣，他们是通过一条纯洁的纽带与我们永远连接在一起的人，时光的流逝根本不会伤害或打破我们之间的亲密关系。赶紧把我们生活当中所有病态的、不和谐的因素驱逐出去，如果能和我们所爱的人在一起，那就和睦相处吧。

　　好花不常开，好景不常在，美好的事物必定会逐渐消失，这个想法不再是一种辛酸的情感，而是更新和自由的迹象。记忆不再是绝望的幻影，而是荒凉之地的石头，徒步旅行者把这些石头堆成自己的枕头。东西是属于我们的，永远是我们的，我们并没有失去这种感觉，只是不再把它们看作我们贮藏一阵子，然后不情愿地或者伤感地放弃的东西。倒下的树，凋谢的花，不过是象征着从一个地方借来的生命在另一个地方重新复活，它们的生命和活力同样能使我们不断地感到欣喜若狂。当我们屏住呼吸想抓住看上去结实的东西时，那东西却像雪晶似的逝去，昔日的遗憾不再是感伤地回忆往事和忘记过去，而是泥泞的路，引导我们走向命宫；不是把痛苦和死亡看作残酷的衰退，而是让我们知道这些是向上攀登的最后几个台阶，从这里观察生命本身，其所有的广阔平原、森林、家园和城镇，就会突然出现在我们面前，让我们兴高采烈，这样我们就能以不同的态度看待死亡和那些要死的人。我们多少有些羡慕他们，只是对他们短暂的痛苦、最后痛苦的发作所带来的极度恐怖而叹息几声，甚至想到他们本人悲伤地带着自己的罪恶、跌跌撞撞地沿着堆满石头的通道走进他们的受难地，我们诚惶诚恐地表现出感动的样子，好像某个伟大而又奇妙的形象展现在他们面前。

也许有人会说："我们能以这样的希望和期待活着吗？"不，我们不能每时每刻都这样。在悲伤和痛苦的时候，我们能一次又一次恢复过来，沉思真理，饮下新鲜的泉水抚慰和治愈我们的心。我们必须确定的是，不要默默地接受卷入尘世俗事，那些东西就像灌木丛里的野草和荆棘，缠住我们向上攀登的双脚。不要跟世间的俗事和物质上的东西讲条件，不要固守这些东西，这是我们此时的责任。我们找到生命就接受下来，但是永远不要忘了，这既不是结局也不是目标，马上就有问题和解决问题的方法。我们可以心存感激地接受和使用所有明亮、晴朗、纯洁、美丽、勇敢和平静的事物，因为这些是生活的象征，是我们生活的方向。而在另一方面，罪恶、愚蠢、痛苦和悲伤也不能忽视，因为这些给予我们一种平衡感，警告我们不要像漫不经心的朝圣者置身于路边危险的凉亭，昏昏沉沉地消磨时光。我们必须学会相信，除了生命和快乐，没有什么具有持久性。我们还要认识到，止步不前的时候正是我们病态地徘徊在悲伤之中，或者天真地陷入满足当中。

# 11

  如果可以的话，我现在渴望走得更远一些，跳到生活之外，或躲进生活背后，尽管还可以再多一点，犹如你冒险穿过云雾来到一座大山的峭壁上，你只能模糊地猜测山的角度和高度、山脊是如何斜靠在一起的、什么地方有雪。

  同样，你如何能在这件事上完全保持坦率的态度？这不仅仅是你发觉自己不断地与传统和先入观念发生冲突，而且你还有自己的教养，你会因此而感到困惑，不知所措。对于有信仰的人和知道自己要信仰什么的人，你认为能轻而易举地将这些固有的东西处理好或抛掉吗？这里我不打算论述任何理性的宗教观点，任何教理的主张，任何启示或圣迹的事实真相。在不得不穿越内心黑暗时，你必须把所有的这些东西丢弃，向所有的社会机构、人类的条例法规告别。相对于活着的、健康的人，你不会怀疑自己的存在或自己的价值；但是在那个黑暗山谷，你完全身处尘世之外，你在黑夜里独处。独自与谁在一起？这是个问题。在那个地方究竟有没有确定的东西？究竟有没有生命在迷雾后面努力挣扎？究竟有没有我们可以与之携手的生物？

那里必定有一种力量，对此我从不怀疑，人们能够意识到自己不是自我造就的。某种东西，无论人们用什么样的名字称呼，这种东西赋予人类生命和意识，让人类从虚无当中演变出来。人们不太在意其过程或方法，但是人们悲惨、困惑地站在那里，知道自己是悲惨和困惑的，却构想着自己是愉快和平静的。一想到自己拥有的这些品质和观念，我就觉得不可思议。这个力量存在于自身之外，比自身更强大，人类不过是在以某种方式表现这种力量。判断力和直觉力同样缺少不了这样的力量，但是当身体、头脑和灵魂相互发生冲突，就存在一个什么样的力量是终极力量的问题。例如，古希腊人把命运设想为隐藏在众神身后，众神也要服从的一种力量。因此，力量的分层无关紧要，因为我寻找的是终极力量，这种力量使我原来的一切逐渐扩散。我似乎看见了遥远的上帝，而且知道我的存在起源于他。回顾世界缓慢而又模糊的历史，我看得见目标，看得见尽头，正义、真理和爱稳稳地朝着幸福的方向发展。我越来越多地看出，假如人们只是保卫自己的安全和快乐，他们生活得并不安心。如果他们看着别人辛苦地工作，忍受磨难，生活中缺少阳光，他们的满足感就会越来越多地笼罩上阴影，所以，人类似乎渐渐地想要在光和热的圈子里腾出地方，让所有的人都能分享光和热。在我的头脑里，我毫无疑问地体会到，一个人一旦想到他人的忧愁和痛苦，感觉到不自在，他就会变得更优秀、更善良、更高大。不过，他不能总是让其他人都来接受这一信仰。有些人，他们的想法是把别人排除在外，从而使自己的安逸生活更加饶有趣味，他们觉得自家的炉边更加温暖，更加舒适，因为还有很多人在寒风里颤抖。他们当中也许有高贵的人能够放弃自己的安逸，不是理性的，而是冲动的，那只是因为他们无法与他人分享这样的安逸。

这个时候我遇上了一个人，无意当中他向我说起了伟大的光。这个人可不一般，有着高尚的思想，对人类持有最客观的看法，他的见解我还是头一回听到。他认为，人死如灯灭，个体完全不复存在；但是他又坚持认为，如果你能够想到地球还在转，世上的事还在继续，生活的重大问题正在自行解决，人类在勇气、公正无私和善良方面不断发展，社会在按照更高标准塑造本身，你就可以由此感到欣喜。我不能认同这一观点。

我与他一致的地方是，只要你是这个世界不可分割的一部分，你就不可能不对世界进步产生强烈兴趣，但是如果某个东西最终与我完全分离，我就不会对这个东西有兴趣，我只会对正在运转的东西感兴趣，比如火星。当然，我的兴趣也许源自猜测和想象，如果我对某个东西没有任何想法，这个东西就不是值得我关注的。"但是，"他对我说，"你现在做的每一件事，说的每一句话，都在影响这个问题。你在这个世界上留下的痕迹是擦不掉的，无论你做过什么事情。""确实如此，"我说道，"假如那不过是我读过的一本书，无论我做什么也影响不了书中所描写人物的命运和前途，而且那样做对我来说毫无意义，只能是心血来潮。"

在这里我说过的另一个坚定信念帮助了我，我确信自己灵魂常在，尽管我设想不出自己会在什么条件下走进来世，当我经过死亡之门，进入人类的共同生活，我觉得自己不应当，也不能够丧失那种特权——个体所有权。

于是，我真的预见了一种无限的希望。这个世界，人类庄严而又神秘的生命，一定会永远存在，培养自己新的智慧、新的力量、新的美丽，而我也自信地承担自己的一部分。鲜花仍然会重新开放，树木突然冒出叶子，鸟儿在树上欢唱，男人和女人会以同样的惊喜漫步在这里，继续追求同样美好的希望和愿景——然而也不相同，因为一年一年地，他们受到恐惧和罪恶所带来的损害会越来越少，恐惧和罪恶曾在过去的岁月里损毁了我们自身的平静和快乐。我不需要任何明确的再生理论和新生理论使自己烦恼，但是我知道我的生命是不可毁灭的，必定会在生命意识到自身时再次浮现。我可以设想到没有冷漠的灵魂聚集或积聚，被盼咐在云彩的旋律和光中安息。我必须继续，必须忍受痛苦，必须艰难地前行，必须爱，一次又一次，直到生命本身得到净化，完全得到补偿。

那么我看到，事物的内在意义在这里是如此笨拙、沉闷地分成几份——信仰、美丽、圣礼的渴望、祈祷、自我牺牲、崇拜等等。这些象征性地用言语和色彩、仪式和声响表达出来，都是对一种巨大能量的意识，这样的能量可以使每一个同类的灵魂越来越与这种能量本身达成和谐一致。

我曾试着走过一条又一条路，然后依次放弃，因为这些路似乎都不能把我引向远方山峰上的天国，我看不到那里紫水晶铸就的城基和珍珠门。我一直在城里，我知道这不是天国，这个地方根本没有旋律优美的安逸和有序的仪式。这里的喇叭吹奏的是劳动之音，这里的微笑表现的是爱的快乐，这里焚香的烟云是向上祈祷的激动。如果他们能听到下面世界的痛苦呻吟，看到落下的悲伤泪水,被宣告永远不能使用他们纤细的双手或弄脏他们考究的长袍,那么完美圣徒的天堂就不会是人类的地狱。现在的天堂只能是文雅和自私的好色之徒的乐园,真正的圣徒仍然会毫不怀疑地侍奉上帝,英雄们仍然豪爽地承担自己的职责,恋人们仍然因结合的希望而感到兴奋。在那个王国里,没有什么可以撤销,没有什么可以排除在外。

这里的罪与恶、任性与堕落、可耻的耽搁与拖延、丑陋的聚藏钱财、无情的冷漠,又会怎么样呢?这些恶习曾让我的日子昏暗,还会在我所有的想象中继续使我的生活蒙上阴影吗?这些恶习确实存在着,这是一个可怕的现实,即使是上帝威严的旨意也不能使这些恶习消除。假如上帝没有终止这些行为,这些行为就肯定会以我怎么也猜不透的方式,实现着它的真实价值。莫名其妙的是,征服这些恶习的价值难道还不如冷淡、怠惰的善行?难道这样的行为,或者说大多数这样的行为仅仅是某种幻觉,渴望抓住不该拥有的或者容易被误解的欢乐?我自己的生活里也有罪恶,那就是我一直渴望过着安逸舒适的生活,索取比自己应得份额更多的财富,对他人的福利持冷漠的态度。将自己的利益与他人分享不是世界的再生精神吗?傲慢、权势、强烈的欲望、怨恨、残酷等行为,索取的都是个人舒适;而世界上最近蓬勃发展的新精神,明智的精神就是参与和分享的精神。

无论灵魂和上帝多么模糊，我的悲伤都促使我去认识他们。新的知识虽然带来了新的处罚，也带来了新的禁例。我怎么做才能让我与过去有所不同？首先我要迎接和承认以任何形式表达出来的神圣力量的迹象，也许是令人不愉快的仪式或教义，只要能明确地维护人类正义就行。只要它追求的是灵魂清楚的愿景，而不是物质方面混乱的思想就可以。无论我自己处在什么位置，我必须努力说服他人尽可能清楚、公正地看待生活问题，坚定地见证生命。我的工作似乎就是教书和写作，我不能怂恿偏见，不能让自己成为意志薄弱的人，我绝不会为自己找借口，也不会沉溺于争论和论证，如果有需要的话，我会去说服，而不是强制。我的目标不是得到有影响力的地位，而是改正好为人师的习惯，不要利用各种机会指导他人的生活，只是让自己平静、勤劳地去生活。我不能使自己与世界隔绝，而是要承担起世界赋予我的职责。我必须做到真诚坦率，而不是好斗。我不要急于得到什么，也不去做任何计划。我非常清楚地察觉到了所有这一切，我并不是说自己完全能够笃志力行，但是我的失败肯定不会使我气馁。我必须满足于接受友谊和感情的每一个暗示，这样我也许会变得习惯于更广泛的爱；我能找到可以爱的灵魂越多，我就越会懂得哪里有许多事物可以去爱。我将崇敬人类希望的力量，而不是人类的弱点。

我不允许世界上任何事物夹在我的灵魂和上帝之间，不管是法律、传统、仪式、习俗，还是教义。无论什么，只要限制、玷污和扭曲灵魂，我都会彻底放弃。对我来说，这里似乎存在着基督教导的秘密，不是毁灭的法则，而是圆满的法则。我们曾经有过的所有宗教都在试图将灵魂和上帝结合在一起。习俗和偏见、个人利益和物质占有所形成的障碍悄悄潜入每一种宗教，而这些宗教都坚持对教义的忠诚。我希望自己已经处理好所有这样的事情。我并不期待逃脱疼痛和悲伤，因为前边的路上有地方可以得到庇护。我不能刺破黑暗，但是在我的头上，我的身后，我的前方有光。我可以对福音书的作者说："我知道凡事都有终结，但是你的戒律过于宽泛。"

# 12

　　这就像是生命的一个新的开端,我头一次知道"再生"这个生硬的老词意味着什么,我的生命似乎悄悄地得到了简化、清理和更新。赐予生命的主似乎暂时收回了他的礼物,重新铸造,重新改造,使其恢复生气,然后交还给我,主微笑着说道:"你没有充分理解生命这个伟大的礼物,你滥用了生命,你让生命过于紧张,出现紊乱,几乎破碎;在那些黑暗的日子里,你的生命得到了修正;今后你须努力用好你的生命!"得到新礼物的喜悦之情流入我的心田和灵魂的每一个角落,新的生命在宝座四周彩虹之光的映照下变得光辉灿烂；新的生命重新具备清爽、神圣的品质。

那道光照耀在奇怪的复合体上，我曾称之为我的宗教信仰，传统、知识、观点、习俗、仪式、礼节、艺术情感等组合在一起的一个奇怪的混合物。如果可以的话，所有这些有待于重新考虑和简化。

我重新阅读福音书，像是读一本新书，迷雾似乎在我眼前消失。书里有很多内容是晦涩的，很多记叙是那么令人难以置信，需要寻找证据和确认，而福音书的作者不可能获得这样的证据。我发现人们犯下了一个错误，福音书确实是一些非常朴实和无知的人做出的模糊记录，他们把此书看作是救世主的传记。他们所处时代的偏见、传说、信仰和观点粉饰了他们的头脑，使他们曲解了许多东西。他们在救世主的生平里看到的正是他们期待并渴望见到的事情。现在我突然能够通过阅读福音书认识基督，在福音书的后面有着神圣、纯洁、高尚而不是被误解、被曲解、设想错误的形象，这个形象像雪峰越过断脊似的赫然耸现。粗糙的记录，模糊不清的信仰实质，使全书更加宏伟，更加美丽；虽然教会政策和科学定义的庞大构造建立起来了，但围绕着空洞的小的中心神殿，这里修一座塔，那里盖一个礼堂，一个宫廷接着一个宫廷，一道墙接着一道墙，所有这些没有一个稳当的根基，似乎就要塌陷。

基督的秘密——这不是一个能从历史方面、教义方面或权威方面去理解的事情，似乎是一个宏伟的宫殿，人们常常敬畏和困惑地前往，而那里挤满了忙碌、高贵、严厉、全神贯注的人，这个地方的主突然出现，装束简朴，面带微笑，伸出手来。无论人类已经从上帝那里了解到什么，如何利用上帝的名义服务于自己，那都没有什么关系，在信仰昏暗的那些日子里，精神一直是最强有力的，悄悄地、心与心相连地传播开来。但是我突然看到，它一直就在那里，曾活过，也曾死过，被人们提到过和思索过。绝对真实的人类存在感，像一位真实存在的兄弟，具有超强的洞察力，完美的智慧，无限的深情，无尽的同情，所有这一切都在我眼前一闪而过。

上帝要让我们过什么样的生活？我们应当在心里培育什么样的精神？无条件的爱，无穷尽的仁慈，对圣父纯真的信任，这些是第一位的。随之要做的就是立即清除所有的野心、欲望、要求。我们应无所策划，没有什么可以说成是我们自己的，我们应无偿和慷慨地捐赠，原谅一切，对任何人都不要失望，简单而又快乐地生活在上帝为我们安排的地方，不为过去而后悔，不为未来而谋划。我们应漠视物质的东西，从而征服在物质方面的欲望，不要去关注世界的目标和政策，不要任性地放纵、发怒或怨恨，认为人类的善良和友爱是理所当然的。这并不是说人类将要去抗争、去呐喊、去证明，沉湎于独特的自我克制和明显的苦行生活。这是一种性情、一种态度，是一个人也许在法庭、商行、事务所、工厂，作为职员、劳工、工匠所具有的心境。这并不意味着牺牲人类约定的事情，响亮地宣告所坚持的责任。人们应该抽出时间喜爱纯洁美丽的东西，与人为善，多做好事，耐心和平静地生活。这是一种内心的幸福感，将会流向一个人生活圈子的方方面面。让人忧虑和恐惧的是粗陋、苛刻、冷酷的声誉和体面。生活就应当是微笑、快乐、休闲、亲切的，而不是阴沉、心事重重或悲伤的。忧愁、痛苦、失望、焦虑同样会在未被扰乱的精神里相遇，就像那些总会有终结的事物，然而每一种事物都有礼物要送，不要期待所有的一切都是完美的，对一些事物的不完美之处不是烦恼地去接受，而是愉快地加以接受。

失败之人的错误在于养成了不好的习惯，心存偏见和歧视，凡事爱用挑剔的目光去看待，甚至形成原则，这些东西限制了灵魂。即使是罪恶，你也会把它看作是一个迹象，即罪人没有察觉到幸福在哪里，只是极度兴奋、贪婪、不满足地想抓住什么东西，必须通过拖延一段时间，感到身心疲惫时才能知道事实的真相。

但是启示的力量和美存在于这里，这不需要长期做学徒，不需要复杂的启蒙。你一旦感觉到了，就会去实践，而且每一次微小的体验都能显示随后出现的和平。这全部存在于不受限制的生活当中，如此简单，又如此确定，你只要敢于牺牲物质欲望或自私的欲望就能发现，放弃欲望和野心不但不是一种痛苦，反而能为你带来一种自由感和轻松感，让心灵有更多的时间满足其自身平静的快乐。折磨人的道德规范、有顾虑的痛苦挣扎、丑陋的恐惧和悲惨的境遇，都是由于缺乏这种甜美、简单的快乐启示与和平启示所造成的。这是信仰史最悲哀的部分，人们不是去感知信仰的实质，而是试图凭借自己复杂、怀有敌意、好事的性情对信仰肆意歪曲。信仰的美妙、信仰的温和、纯真的快乐让他们感到困惑，所以他们不信任甚至曲解信仰，害怕承担哪怕是很小的负担，因为他们不敢相信圣父对他们做出了那么好的安排，当他们打算把信仰丢在一边时，他们就有了成倍的恐惧和焦虑。

我很清楚地知道，有可能从福音本身拔出一支燃烧着的箭来驳斥这一观点。但是我是那么有把握地感觉到基督秘密的无所不在及其寓意何为。基督没有把生活说成是一个令人焦虑恐惧、沉闷乏味并且让人干苦力的地方，而是一个充满希望、充满欢乐、内容丰富多彩的地方。所以，去认知这一点并不是马上就可以付诸实践。

坦白地讲，我自己的生活在许多方面与我的信仰相矛盾。

如果你沉浸于习惯、错误、恐惧和欲望当中，你就不能升入完美的快乐天堂。但是我毫不怀疑真理，无论什么真理；如果你渴望与众不同，你就会变得与众不同。自从我看到了光，我就以一种不一样的心情生活着；我努力让自己平和、安静、宽容；我努力把自己见到的所有男人和女人都视为上帝大家庭里真正的兄弟姐妹；我努力让自己多一些付出，而不是积聚钱财；我努力去宣扬和平，并去实践。我毫不怀疑圣父对我这个脆弱而又任性的孩子爱的意图。罪恶、疑虑和恐惧经常把我压倒，如何才能被人承认是基督徒，我所知道的、能给出的理由微乎其微，但是我确实认为基督是我主、我师，如果可以的话，我将保持他的意志。尽管我像一只迷途的羔羊，我知道我的牧羊人就在我身后追寻我，我察觉得到他在走向黎明，他的手指引着我，在我无法穿行的路上为我披荆斩棘，引导我远离安逸水域。我敢于在他的注视下显示自己的快乐，我不知道结局将会是什么，也不知道黑暗之河那边会有什么样的生命能量；但是我得到了救赎和喂养，也许将来某一天我会感到满意。

# 13

　　无论我们能够多么清楚地辨明美丽人生的定律,我们也不能忽略美丽人生的黑暗背景,更不能被其纯净、水晶般的光芒所迷惑。

　　真正不能克服的困难是我们每一个人都是在非常个人化的模具里铸造出来的,可是接下来的安排却与个人无关。苦难和疾病就像苍蝇似的在无助的人群里飞来飞去,偶然击倒某个人,仿佛是巨大而又丑陋的炸弹就要引爆,非常可怕地漠视那些受害者的性格和能力。除非我们真的能固执地闭上眼睛不去面对事实,否则,无论多么努力地去想象,我们也无法相信,灾难就像是天上神射手射出的箭，适时地射向我们。一些强壮、野蛮而又自私的人在生活当中用胳膊肘挤来挤去为自己开道，在行进的过程中让那些抵抗他的人蒙受苦难，而对那些比他更有势力的人卑躬屈膝，没有一点良心的责备能损伤他的宁静；或者某种复杂的悲惨事件落在一些人头上，他们是脆弱、无辜、善良的，唯有的缺点就是天真无邪。也许苦难在需要发生的时候并没有降临，也许是事先得到警告或解救，但是在很久之后，他们遇到压倒性的暴力时，却不可能得到修复。而且，强烈的正义感和不正义感也植入我们的心里，这样的概念似乎是按照某种固有的模式形成，严酷而又专横的命运阻碍、掩饰、否定这一观念。

一个人，如果他能发自内心地说道："伟大是你的慈悲，耶和华啊，正义是你的判断！"你就会感到愉快。我们内心还有着同样强烈的感觉，那就是我们如何对待性格，净化性格，赋予性格力量。想一想慈爱的父亲是如何急切地关怀着自己的儿子，想一想他是如何把自己的儿子培养成纯粹、勇敢的男子汉。他是如何为儿子们谋划，不多也不少地提醒，让孩子对自己有信心，鼓励孩子相信自己，在健康、美好和男子汉气概方面对孩子施加影响。但是接下来，他也许会痛苦地看到自己的关爱受到粗俗的诱惑、淡漠的人际关系的阻碍。一个爱给自己设置条条框框的人也许就是因其局限性而失败，因无法完美地实现自己的计划而感到悲痛。而上苍的无穷之力有时也会显得那样无助、那样乏力。力量似乎不总是站在快乐的一边对抗悲伤。生活中许多最糟糕的事往往在我们高兴的时候发生，而一些最好的事情却来自于我们的痛苦；同样，有些快乐能使人高贵，有些伤心的事能使人气馁。

福音书中的启示告诉我们，悲伤的人和乞丐是被祝福的，并讲到天神会准备好马上迎接悔改的罪人，并让他得到修复。当我们喜悦和热心地相信这一点，经验拍拍我们的肩膀，告诉我们事情不是这样的，上帝偏爱的似乎是能自我控制、精明、坚强、谨慎的人，他不会由于情感而受到伤害，因为他的心是冷的；或者说他不会由于希望而受到伤害，因为他没有什么希望；或者说他不会由于愿望而受到伤害，因为愿望对他来说只是安慰的方剂。这样的人，他的生活是简单和快乐的，常常果敢、充满勇气地面对死亡；热情、敏感、容易激动的人，他们渴望所有美丽、光辉灿烂、芳香、悦耳的东西，却往往因太多的失望、愿望破灭和悔恨而遭受折磨——即使上帝施爱于他们，施快乐于他们。

情况最糟糕的是那些温顺、愚蠢、软弱、精神错乱、迟钝和无趣味的人，对上帝创造出的这些脆弱的生物，上帝或人类都没有任何怜悯，他们是自我软弱的牺牲者，没有人同情他们。人们在死的时候是宽慰和冷淡的，他们被迫离开生活的盛宴，他们被安排去服役和做苦工，他们被苦难和沉寂所消耗。可是，无论在哪里，无论在什么等级和阶层，无论在什么行业，你很少能看到完全美好、简朴的灵魂，他们从来不为自己着想，没有个人欲望，可以极为真诚、极度满意地一天天过着日子，流露出深切的爱和宁静，非常平和、真实，不与邪恶进行斗争，没有挫败的障碍，没有野心和不满，不要求得到回报，只是渴望为他人服务。没有人希望自己与这样的人相似，他们的秘密是不能传达的，他们根本意识不到冲突或压力。这样的人为什么少，看起来似乎没有什么理由，然而就是少。

最奇怪的是那些高尚的灵魂，那些因每一个美的暗示而激动的灵魂，他们在生命的开始阶段充满着各种内在的快乐，急于得到教诲，渴望完美，然而非常奇怪的是，他们那么盲目，不能从深层搞清楚真正美的东西，偏离了魅力和吸引力。这样的人，如果让他们执行崇高和伟大的任务，容忍某种自我牺牲，做出卑微的服务，他们只能看到任务枯燥乏味的一面，充满了无法忍受的厌烦和令人厌恶的单调。直到机会失去了，他们本可以修复的破碎的心灵不舒服地死去了，他们本可以愉快度过的日子成了疲倦的生活，他们才会明白，他们所承担的本应该是一项伟大而又崇高的任务；这样一来，他们虚度一生，没有能力领悟所见事物的内在美，当美好的事物从他们身边掠过，他们只能徒劳地发出悔恨的哀叹。

处在这种思想混乱的状态中，如果可以的话，我们就应当找到上帝、正义和美；经历过邪恶的错误、让人心碎的过失和低下的诱惑后，我们开始怀疑牧羊人是否真的关心自己迷失的羊，或许他们只关心那些温顺和听话的羊，他们喜爱牧场、粮草和期待羊栏的安全。

假如我们能够坚定而又明确地希望生命是不朽的，相信在某个更加自由的精神世界里，所有这些可以得到补偿和安慰，那么我们的伤口会得到包扎，我们失去的力量会得到恢复，所有这一切都可以得到修正；但是我们完全不知道这一点，即使我们能证明，也不能把这样的证明传达给其他人。有时候我们会想起一些人，他们要么在战场上打过败仗，要么感受过耻辱，做过丢脸的事，或者遇到过灾难，要么陶醉于邪恶的欢乐或深陷于不幸的痛苦，当我们埋葬他们沉默的遗体，当我们觉得这是否就是人生的全部，是一个可怕、残酷的事情，我们也许会怨恨微笑的太阳、飘舞的树叶、墓地灌木丛里鸟的鸣唱，因为所有这一切似乎是一种无情的嘲弄。假如某种神秘的声音能够不容置疑、沉着地告诉我们，所有这些生灵将有待于适当的分配，我们就会觉得我们可以忍受任何事情，永远等下去；但是我们将处在自己的盲目状态中，我们的双手向外伸出，略带甜意的风吹在我们脸上，希望我们能够像阳光下的卵石那样沉睡，像温暖的光线那样缺乏激情，如同平静的湖水那样无忧无虑。

在内心的最深处，在所有失败所造成的苦难、极度的悔恨背后，如同大海那样深不可测，如同隐秘的星星那样遥不可及；确实存在着这样的信念，即上帝让我们来到这个世界是为了过着和谐、平静和快乐的生活，而这样的生活我们必须通过痛苦的磨难和令人厌恶的不信任才能赢得。就在那里有着最后的幸福希望，正因为那是最后、最深切的思想，在我们清空所有的欲望、悔恨、爱、悲痛、骄傲、绝望之后，这个想法最终必定会实现。生活的每一条大道，灾难的每一条冷酷、迷宫似的通道，都是通向天国的路。因为灵魂能够按照其自然遗传恢复爱心和平静，最终在生命之树上收拢起翅膀，落入隐秘的花园树丛里。

因此我相信，并号召大家都要相信，每一个事件或经历，无论多么微小或伟大，也不管是否悲伤或沉闷，是否罪恶或羞耻，最终交织在一起，都归结到天国的和谐。而且有一种快乐在等着我们，在这种快乐中，最可怜的失败，最丑陋的犯罪，也将承担自己的责任，实际上，没有这些，快乐就不可能完美。我们接近自己渴望的目标不是靠我们的满足、成功、自豪显示出来，而是靠我们出差错时产生的羞愧和悔恨、我们的谦卑、我们的怀疑、我们的自觉软弱来显示。在这种生活里，我们也许要再经过一个阶段，接受训练，进入归顺状态，寻找一种明智的宁静。走上坡路不能从半路开始，必须从山底开始攀爬，我们必须有一段时间陷入绝望状态，做出彻底的放弃，而这个时候神河之水的水波越过我们，我们没有什么属于自己的东西，只剩下羞怯、赤裸、卑微、无助的灵魂。对一些人来说，这个过程来得足够迅速；而另外一些人，他们骄傲的心非常强大，只能经过长时间的挣扎和可耻的失败之后才肯就范。不可分割和不可躲避的事情就是事情本身，我们无法从中逃脱出来，这是我们不可转让的所属物，我们不可能与此分开。假如真实情况是自我制造了所有的灾难，颤抖着坐在废墟上，那么，只有穿过同一个自我你才能逃脱，这同样是真实的，自我必须得到重铸、改造和更新。

## 14

  如果我们相信圣父和他有助于我们的善良意图,我们需要经历痛苦和磨难,我们有权要求的就是,通过痛苦和磨难可以感觉到他在帮助我们,在净化我们。上帝赋予我们正义的自然意识,并把这种意识深深地植入我们的心田,正是通过这种正义感,人类才顺利地赢得了所有的胜利。逐渐地承认别人与我们一样拥有权利,他们的权利绝对不能因为我们更有力量,就要为我们的便利和快乐做出牺牲,这样的认识过程确实发展得缓慢。如果这种正义在我们心里高于一切,可以最大程度地将我们与野兽区分开来，对此不容我们怀疑，如果正义受到侵犯，我们就有权大胆地抗议。当然，我们必须相当清楚，我们为自己索取的是公正，我们的正义感并不仅仅要求我们应当恰好拥有自己喜欢的东西，或者说，假如我们冒犯别人，我们也会得到原谅。我们必须做到完全开诚布公，假如我们执迷不悟，沉溺于一些不端行为，例如耽于声色、爱发脾气、固执任性、举止轻浮，知道这是毛病，却茫然地相信慈善的上帝不会严厉地对待我们，那么我们就会受到惩罚，将受到什么样的惩罚，那可不是由我们来决定的。

有一天，我与朋友谈论一位牧师的生活。这位牧师很有学问，也非常忠诚，可是不得不长期忍受病痛的折磨，致使他的内心完全处在黑暗当中，无奈暂时中断自己的工作。我对朋友说："你来告诉我，他是否从自己所遭受的磨难里得到了任何好处，他是否感觉到这种苦难已经影响了他的精神。""不，"我的朋友非常严肃地说，"他没有，他不关心那个，他认为这是对自己罪恶的惩罚。"

有些人对我们所说的这个牧师非常了解，就他们的想法而言，牧师的本性似乎根本没有什么明显的罪恶，他所忍受的病痛不过是因为他的责任感太强，过于渴望帮助那些遇上麻烦的人，是身心疲惫造成的结果。假如实际情况就像我认为的那样，这意味着痛苦的牧师没有反抗，完全按照自己的意愿默许所忍受的磨难，这是一个很不错的回答。

天父的心里不会坚持说，我们应该被我们自己的惩罚所粉碎和压制，从而不敢出声；不会坚持说我们应该服从，因为没有别的出路，就像一只小鸟被大鹰撕扯。假如我们这样服从，那就毫无价值，只能使我们的精神陷入更深的黑暗当中。假如我这样想象万众之父，认为他是个暴君，因为愤怒或残忍打击身边的任何生物，愉快地看着他们扭动、遭受痛苦，那么我真的绝望了，我的生活就会整天处在怯懦的恐惧当中，如果可以的话，只要自己不冒犯，也许就会避开苦难。

当然，我们决不能匆忙判定惩罚是公正的还是不公正的。假如我们的计划遭受挫折，假如我们因身体病痛或精神痛苦而躺下，假如我们看到亲近的人处在悲痛和苦恼当中却无力帮助，我们不要马上大声抱怨，认为这完全是不公正和残酷的。我们的生活有空间和时间，在收获之前必须播种。但是当苦难结束时，回头我们看到，苦难确实有助于我们积聚力量、获得希望和保持纯洁，那么我们可能感觉到，目前这种可怕的审判虽然看上去似乎那么无助，完全缺乏美好的承诺，但是还是富有希望和安慰的。

审判不会使疼痛的意志变得坚强，
勇气可以让我们忍受亲切的审判。

进一步讲，我们，当然是我们中的大多数人，必须认识到，在我们的本性里有些东西需要打破，坚决和无条件地打破。我不知道其他人是怎么看的，但是我承认自己身上有些毛病极其顽固，比如做事违背常情，为人骄傲自满，过分贪恋赞誉和成功，就像一头野兽对着食物瞪大眼睛，发出咆哮，完全沉浸于自身满足的丑态。我承认自己有着卑鄙的欲望，渴望获取而不是去想是否应该得到，有一种愚蠢的虚荣心，有一种反常的懒惰，遇到难事或不喜欢的事就胆怯地退缩，急切地渴望感官上的愉悦。我知道自己缺乏爱心，不那么忠诚，不温柔，不体谅别人，十分注重自己的便利，很少考虑他人的福利。此外，我承认自己脾气暴躁，没有耐心，遇事草率，十分怨恨我的愿望和计划受到任何阻碍，本来是自己考虑不周，却期待匆忙完成的工作马上结出丰硕的果实，除了自己的想法，不能容忍其他人的意见。

　　我断断续续地做出一些努力，尝试着与这些特性进行斗争，可是它们根深蒂固，甚至在我以为它们已经被铲除时，它们却习惯性地冒出头来，令我感到苦恼。

　　我悲哀地看出，我必须克服所有这一切才能取得进步。据我所知，我其实并没有选择这些弱点和失败，但是它们就在那里，而只要它们存在，我们的心就不可能平静下来。由此我领悟到，不管怎么样，我必须无条件投降，这些邪恶的杂草不根除，我就不可能脱胎换骨。

在我已经说过的那些难过的日子里，我似乎完全陷入绝境，不是一次或两次，而是一天又一天。毫无疑问，我没有夸大自己患病的状况，因为如此悲惨的经历就是生活的所有希望和快乐成分都被吞没了。但是那时确实能使我真诚和坦率地面对自己的灵魂。我不得不在真理这面镜子前凝视自己，观察憔悴而又邪恶的纹路，自我意识深深的皱纹，轻率、伪善和胆怯已经使我的内在面容遭到了极大的损毁。缺少令人欣慰的所有满足，缺少对未来的所有希望，缺少眼下的所有快乐，缺少过去所有的成功，我被迫清晰地看一看我对自己的灵魂都做了哪些可怕的事。

# 15

　　你是不是对我这个小人物的经历有些厌倦了,那就让我说一说19世纪两个伟大人物的生平,他们是艺术评论家罗斯金[①]和历史学家卡莱尔[②]。恰逢有人慷慨出资将罗斯金和卡莱尔最私密的

---

[①] 罗斯金(John Ruskin,1819—1900):英国政治家、艺术评论家、画家。罗斯金在英国被人称为"美的使者"达五十年之久。他的文字也非常优美,色彩绚丽,音调铿锵。代表作有《时至今日》《芝麻与百合》《野橄榄花冠》《劳动者的力量》《经济学释义》等。——译者著

[②] 卡莱尔(Thomas Carlyle,1795—1881):英国作家、历史学家。他的作品在维多利亚时代甚具影响力。代表作有《法国革命史》《论英雄与英雄崇拜》《过去与现在》等。——译者著

文件整理出版，使我们有机会看到详细、启发灵感的精彩记录，深入了解这两位伟人的生活和所经历的磨难。

罗斯金这个人一生都在坦率地谈论自己和自己的情感，对此我们即使并不完全赞同，我们也觉得应该对他的功绩表示感谢。我们认为的许多幸运的事都慷慨地落到了他的身上，他拥有巨大的财富，不可思议的快乐感觉，对美好事物极致的爱，高超的能力，年纪轻轻就负有盛名，对男人和女人都有着广泛的吸引力和影响力。尽管如此，成年以后他却常常意识到自己过着十分不幸的生活，这一点在有关记载中是可以找到的。他的社会理论遭到嘲弄，他的计划没有人看得起，他的追求遭到猛烈批评。他多次受到强烈的羞辱，不得不陷入神经错乱的虚幻境界。

一些评论家称赞他的风格，可是却尖刻地对他的建议开玩笑。当他的名望得到了确立，成为家喻户晓的人物，他却觉得自己是个失败者。他渴望赢得一个女人的芳心，可是最终还是没有获得她的爱。他不得不承担的悲伤的负载显而易见地出现在他憔悴的脸上和呆滞的目光里。

人们一直就觉得，虽然经受折磨，但是罗斯金的名望逐年提升，让他变得更加高贵。实际上，直到不幸的事纷纷落到他身上，他真正的高尚精神才显露出来。我们决不能被他的声誉魅力所蒙骗，以为我们只要得到相同名望的补偿，也能忍受同样的痛苦。读完这部伟大的传记，人们的确感觉到，罗斯金最终真的是通过自己不情愿和痛苦的服从才有所收获，使他置身于世界伟人的行列，其实从某种程度上讲，他所有的天赋才能并不足以让他获得如此高的荣誉。对别人的不幸他甚至会用折磨自己的力量，发疯似的努力去补救，尽管是徒劳的，在这方面他具有伟人的特征。他在精神上所忍受的真正痛苦是因为他无力以自己的方式和自己的速度把事情讲清楚。

我们再来说一说卡莱尔，他本性刚强，比较冷酷。与罗斯金不同，他并不希望人们被自然和艺术的精致美丽、生活优雅的秩序所吸引，热情地使自己的精神进入一种理性的平静状态。卡莱尔具有农民和清教徒的天性，罗斯金喜欢说教，喜欢战斗，卡莱尔同样希望人们立即遵从他的想法，进行高强度的劳动和犀利的演讲，如果他们做不到，那就对他们进行教育，就像结茅节上的人们，用荆棘响亮地抽打他们。

毫无疑问，无论是对美的福音还是对力量的福音，都存在着空间。但是卡莱尔苦不堪言的身体状况，因轻率任性做出的过分行为，以及伤害过这个世界最炽热的爱心，都让他极度懊悔，致使他认识到自己无法自主行事或运用自己的意志。他同样不得不屈服，勇敢和谦卑地含着眼泪悲痛地向上帝投降。

也许有人会说，这两个人在智力和悟性方面都是伟人，那些忙于沉闷的日常工作，过着枯燥无味生活的平庸之辈不得不顺从，至少他们不会因为自己不可能在世界舞台上扮演大角色而心烦意乱，所以他们的情况与这两个伟人大不相同。实际上，如果你知道许多双眼睛注视着你，也许就会刺激你表现出端庄稳重的样子；但是对大多数人来说，当他们遭受痛苦的时刻来临，追求成为公众人物的感觉只能增加他们的悲哀。

他们觉得，如果他们退缩到某个地方，过着隐居生活，尽可能不与人交往，就能忍受痛苦。但是他们的生活与那么多人的生活编织在一起，当他们的生命力只能胜任忍受痛苦，就会得到许许多多人的同情。这背后是喜欢窥视和打听的世俗社会，不断泛起各种泡沫，例如流言蜚语、夸大其词、暗自偷笑、歪曲误解等等，甚至大人物最秘密的隐痛也会被传得沸沸扬扬。

但是——由于这些事情必须公平和勇敢地面对——在回顾自己过去的磨难时，许多人仅仅是对自己的悲惨经历感到困惑和沮丧，除了觉得残酷和荒废，并没有从中有所感悟，我们能对他们说些什么呢？他们看不出悲哀是从哪里开始或为什么开始的，他们只知道灯一盏接着一盏熄灭，不幸的事如同潮水般涌来，而且在他们沉闷的喘息中，他们只能无助地依靠旧有的策略和衰减下来的乐趣，想尽一切办法利用自己的力量，将自己从可怕、空虚的生活中转移出来。

当煎熬的人生火焰闪烁着，逐渐黯淡下来，应该如何描述从牧师和医生的问询声中，或从他们的窃窃私语中所透露出的可怕故事？假如后续有明显的平静和能量，这样的痛苦是可以忍受的；但是如果没有，假如死亡的来临只是一种解脱，就像关上一扇没有希望的悲剧之门，从中要了解的是什么呢？你只能求助于残留的希望走下去，这也是这些残留的希望无法熄灭的根源。

人生有一个续集，尽管我们还看不到。人的一生不过像是一天，长长的一连串日子里的一天，从清晨到晚上。如果说不是这样，那就像一个固执的孩子，坚持在逐渐暗淡下来的暮色里最后看一眼太阳。我们所具备的每一种能力，推理、希望、爱、信仰，都在告诉我们，当可怜的躯体陷入毁灭时，对失败的灵魂来说，还有着另一个黎明。虽然我们不能设想事情的开始和结局，不能设想创造新原子的过程，或者使任何原子终止存在，我们却能说到或想到，似乎灵魂应当终止存在，这不是很奇怪吗？墓碑不过是宣布肉身的毁灭，而不是宣布灵魂的终止，墓碑只能标明生命的某个章节的开始和结束。尽管墓碑可以悲哀地宣布一个人的出生和死亡，那个人的躯体会以上千种其他形式转到来世，但是灵魂依然活着。

# 16

　　我们真正的生命存在于幸福当中,我认为任何人,只要他察觉到这一点,他就不会长时间地继续悲伤下去。在悲痛中,我们只能忍受,等待再一次活过来。一连好几个星期,我根本没有意识到生命,只是意识到有什么东西被乌云遮蔽,悬浮在那里,我还得痛苦地假装自己活着,从睡梦中醒来,起床,穿好衣服,踏入外面的世界,心事重重、犹豫不决地前行,但是我从未错认为这是生命,我希望的也许只是为自己做些事情。

　　我觉得任何形式的兴奋、运动和竞争都会扰乱我的平静,破坏我最喜欢的单调轻松的生活方式；而且有时我怀疑生命是否真的存在于生活的兴奋状态。你也许变得逐渐需要兴奋，依赖于兴奋，就像你习惯于依赖其他类型的刺激，对兴奋的依赖也是自身对某种形式恐惧的反应，害怕孤独，害怕迷茫、不安、厌倦的情绪，这是身体的一个阴影，根本不属于内心境况。生活当中最幸福的时光是在你要求拥有适当的职责、工作和需要满足的爱的时候，是在你从未停止忖度自己是否幸福或渴望事情不同的时候，充实而又热切地度过每一天。

　　人们常常看到，青春时期模糊的躁动、不满足、无所事事的感觉，他们所接受的教育似乎没有为他们的心灵和思想提供养料，也没有把他们引向某一特定的领域，这些却瞬间简单地消失了，以某种健康的客观性，触及到真实的工作和世俗事务。就教育本身而言，我们的言论和思想是多么愚蠢，似乎教育是一个僵硬的过程，所有人都必须服从，教育是确切知识的获得，与此同时我们忽视了教育在工作和生活方面的价值。我们实施的教育常常不过是人造的不成熟现象的延伸。我认识许多年轻人，他们的辨别能力仍然是孩子般的反复无常，他们区别轻重缓急的能力一直是古怪可笑的，他们唯一的严肃思考是放在体育运动方面的野心，只有在做过一年真实工作或实际接触世界时，他们才会突然成熟起来，有了公平感和同情感。

人们不想迫使年轻人过早地陷入焦虑状态，可是幸福只能在体验当中、在与其他人的真实关系当中、在学习当中、在妥协当中、在奉献当中才能找到，很多中小学和大学的生活里也能够分享幸福；但是我认为，我们在很大程度上应当责备培育方式，为了方便起见设立的如此不真实的价值标准，过度强调身体能力和智力发展，除了让学生获得某种绩效，掌握某种程度的技能，很少注意培养学生安静、无私、坚定的美德。

我可以肯定，在我离开大学的那一天之前，学校生活使我忍受了很多痛苦，那种生活仅仅是一场令人愉快和感伤的梦。现在看来，似乎只有那种最虚弱的自我实现才使我激动，受到鼓舞，而不是有人向我指明与他人合作的责任。遵守工作的各种要求，赢得自己的乐趣，什么时候都是我们维持的最高理想。个人荣誉就是我们大家追求的目标，也是别人劝告我们追求的目标。但是我根本不相信，幸福什么时候会以这样的方式获得。劳动的回报不是花冠和奖金，而是劳动本身。但是学校却教育你尽可能不理会平凡的家庭生活，把心思放在某种胜利、某种抱负的实现，一旦获得了成功，饥渴的灵魂就会为自己勾勒出获取下一个成功的蓝图，由此为了一个个成功你不得不没完没了地依次进行下去。可是作为目标，我们应当追求的幸福不是胜利时刻的扬扬得意，因为那不是渴望成功的想法最好的部分。一个男孩如果在获胜时对沮丧的对手产生同情的感觉，这一想法或许被认为是一本正经、假装的，以后这种想法也会被削减甚至扫除。快乐的一部分在于他赢得了所有渴望赢得的，而且只能是他力所能及的。从小学到大学，在我的学生时代，竞争是一种至高的原动力。但是现在我坚定地认为，这样的竞争应当尽可能地加以忽略，减少到最小程度。

理应展现的幸福存在于充实的生活当中，存在于劳作和休息的互换当中，存在于我们对自身能力的运用当中。"啊，"谨慎的哲学家说道，"你的话听起来很好！但是，其结果只能造成很多人的生活品位低下；坚定的自我限制是成功的唯一条件。"我同意这个说法。不过，成功的目的在于结局这个观点还有待于证明。在人的心里有两种倾向，现在扭打在一起。其中一个是古老的荷马时代关于英雄与群众的概念，群众是耐心的听众，吃惊地凝视着英雄的壮举，觉得自己是微不足道的。如果你可以的话，那就快速离开这样的群体，不接受强制、恐吓、迷惑、命令。要不然你就保持缄默，心甘情愿地崇敬英雄，但是一旦群众觉醒，情况就非常不同了，那就是让英雄独自为自己的力量而狂喜吧，转而给予迟钝的弱势群体每一个机会、每一个鼓励，给予所有人力量和希望，确保每一个人得到自己应有的经历，有机会享受自己充实和自由的生活。

当我的能量因病逐渐耗尽，我的头脑开始萎缩，我认为我不得不忍受的悲惨境遇就是在一段时间里我失去了所有继续生活的兴趣，这是因为在我成长的过程中我对幸福形成了错误的概念，为了获取成功而忽视了生活本身。缺少一个可以看得到的目标，缺少一个可以展现自己的表演，缺少一个胜利在望的成功，生命似乎是无效的。当一切都结束时，有人教我清除所有的劳动，所有的努力，就像清除车间里的灰尘和铁屑。岁月流逝，我从未学会把自己的目光坚定、认真地投放在生活本身。那就是所有的工作有一个结局，或者是赢得的乐趣，或者是有理由的懒惰。对"你在做什么？"这样的问题，人们期待你回答："我在思考一个观点，我在写一本书，我在考虑竞选哪个职位。"如果你说："我在生活。"你就会被认为不正常或者装模作样。

因此，我们当中很多人没有体验到生命的意义，也没有体验到幸福。体验到这些必不可少的条件是要有一份职业，要有休闲时光，还有与他人的交往。也许这只是我自己盲目无知、粗心大意的结果，但是我根本不记得什么时候通过谈话或布道使我坚定地相信，一个人与其他人的关系是非常重要的。你必须服从，你必须避免结交坏朋友，因为那样会损害你的事业。毋庸置疑，在许多布道里有人向我们宣讲，一个人必须尽职尽责，不要考虑报酬。但是与此同时每个人在考试中的排位会被打上了标记，奖学金雨点般地落在成绩优秀的学生身上，有体育天赋的学生得到了各种宠爱，生活不断地否定这些温和的警告。我不认为什么时候有人告诉我，给予我的生活应当充满乐趣，情感和喜爱应当得到小心的关照，拥有礼貌、善良、幽默、无私等高尚品质要比获得一份奖学金或戴上一顶学位帽好上一千倍，工作与跑步或游泳一样都有乐趣，应对乏味事务的能力要比应对有趣事务的能力更为重要，而且生活本身，每时每刻都应该是奇妙、有趣、活跃、快乐的。我从未把自己的学校或学院看作是一个团体，大家共同分享充实而又渴望的经历，也从未想到我应当尽可能做出奉献，与大家共同承担每一件事情，充分发挥自己的作用。相反，我却把这里看作这样的地方，可以获得我能获得的一切，结交几个朋友来护身，与讨厌的人保持距离，超过他们。当你回到家，你就会把学校里的事都抛到脑后，从不会想到你的朋友或你的活动，仅仅是在家庭圈子里尽可能多地获得乐趣。我不认为这是一种故意的自私行为——这恰恰是你本能地学会如何对待生活。

无疑，当下的年轻人开始更多思考是时候该承担社会责任了，而且我敢肯定，他们得到的所有指导都应该朝着这个方向，而不是引导他们获取和保留自己能得到的东西。应当鼓励他们勇敢和充满希望地面对生活的奥秘、生活的奇迹、生活的完美，要把生活看作美好的礼物和极好的机会，慷慨和仁厚地加以运用，不要把生活视为一大堆便利条件，从中你必须尽可能多地窃取珍品。这里有一个古老的故事，当慈祥的母亲看到小儿子不顾别人、贪婪地吃着果肉馅饼时，就对他说："不要再吃了，汤姆，你不知道别人也想吃一点吗？"

当我遇到麻烦时，我往往会产生怨恨的情绪，感觉自己似乎从生活里什么也得不到。我明白，我本应该认识到自己仍然活着，仍然在体验生活。我无可奈何，只好求助于朋友，却发觉依靠他们我并不愉快。我觉得，我没有什么东西可以给予他们，似乎这真的是感情的基础，享用他们的善良和同情不能使我感到满足，更何况那时我并不像现在这样懂。不抱希望地忍受、不得不挣扎下去、迷茫和可怜是发生在我身上最好的体验，假如能有更大的视野看待这些经历的价值，我也许会更勇敢、更耐心，甚至更有兴趣地忍受我所经历的不幸的事。

就像我说过的那样，尽管我不怀疑，我们真实的生命存在于幸福当中，存在于平静的活动当中，存在于给予而不是索取当中，尽管你必须永远不要把蒙受苦难误认为生活，或者把悲伤的事误认为最终的现实，然而我确信我们并没有足够地尊重生命本身，我们把时间浪费在回顾往事和展望未来上。过去的什么也不是，除非给今天的我们留下了什么；未来就是将要出现或发生的事情。生活的本质就应当像格言说的那样活着，向死而生，一天又一天，直到那一天来临——有着更大希望、更强烈体验、更充实生命的日子。

# 17

　　有些旅行方面的书读起来很乏味，通常，对一些地方的描述并不能使你对那里的景色和风光的详细情况产生什么概念，完全是各种印象杂乱地混合在一起，就像一个破旧的垃圾堆。费不了多少笔墨，一张最简单的草图就可以让我们获得更好的概念，用不着那么多的篇幅来描述。我很难弄明白，词语为什么如此模糊，如此不能胜任精确的描述。这是多么确切实在的事情，就拿人的脸来说吧，你看到一些人的脸，就像拍照那样即刻把面容特征留在记忆里，然而，如果让别人通过阅读你的书面描述来形成面貌概念，知道你说的那个人长什么样子，那么这样的描述完全是一个不可能完成的任务。

旅游方面的书为什么写得那么不令人满意呢？我猜想其原因是平凡的人前往美好的地方，所见所闻所带来的新鲜感和美感使他们无比激动、无比兴奋，所以他们被迫将旅行见闻与一些经历联系起来，因为这些东西对他们来说似乎是那么非同寻常，如同踩着令人振奋、看不见的进行曲向前进。

如果是一个内行人写出的游记，那就会绚丽夺目、色彩鲜明，作者不是在复制景色，但是他的描述能使读者在自己的脑海里形成画面，在名家的笔下，所品尝的美食、所听到的闲言碎语，都有其自身价值。这些都是有象征性和神秘感的，丰富的食物像是看不见的圣餐，陌生人的话语是有预言性和暗示性的，像是天使的讲话，打开生活的视野和远景，给出永恒国度的讯息，而我们都属于这个国度。

于是人们逐渐意识到书的主题并不是最重要的，主题不过是悬挂画片的挂钩，人们在生命中接近和识别的其实是与其他人灵魂的接触。这终究存在于所有家具、房屋、农田和花园的后面，与之相配的是制造和使用这些东西的人类思维，而存在于树木花草、高山平原、日月星辰之后的是上帝自己的心智。你不知道事实的真相是什么，但上帝为我们设计并创造的头脑一直在运转着，对什么是有趣的，什么是美丽的，什么是奇异的，什么是令人恐惧的都有着概念。人们渴望的正是亲近感、同情感和陪伴感。

  我不得不忍受的最大痛苦就是所有这种陪伴感逐渐从我身上消逝，那时我所有的生活似乎都是呆板和沉闷的，我只是存在着，按照某种习惯生活着，没有智能，没有生命力，没有快乐。我知道这是一个致命的陷阱，因为生活就在那里，但是我却无力靠近或参与其中。于是我明白了，在我犯过的很多错误里，其中有一个就是我一直觉得自己万事不求人，可以自给自足。我懂得了，我把所有这种精神陪伴只是作为实现自己意图的讲堂加以接受，只有在我的满足感和事业受到阻碍时才会想起朋友们的帮助，去与他们交往，认真考虑他们的建议。这个错误，或者说损失，在于不是为友谊本身寻找伙伴关系，不是努力成为这种关系当中的一员，不是靠近、拥抱、亲切地依靠、存在于这种关系当中。这样的伙伴关系一直试图使其本身表现出来，劝诱着我。但是所有伸出来的手，所有的微笑，所有的爱抚，所有的爱的话语，我却当作戏剧性的偶发事情，没有看作生活本身的秘密。即使我现在认识到了自己的损失，自己的不近人情，自己的冷酷，可是我不知道如何才能重新开始，如何将这种甜美的力量放入我的心灵。所以，随着沉闷的日子一天天过去，我发觉有些人在我遭遇不幸的时候默不作声，或者离我而去，或者没有表现出任何同情和爱意，而这些人我一向认为是自己的朋友，不过我在内心不会马上责怪他们，但是我会更加深切地感激那些靠近我的朋友。奇怪的是，你会发现这些如此有耐心、如此感情真挚、如此忠诚的朋友并不总是你所期待的人。有些人的帮助和同情使我感到安心，有些人一次又一次来帮我，我只是以为他们与我趣味相投，和他们在一起很愉快，他们是寻求我的陪伴，所以才容忍我忧郁的空虚，不露声色和亲切地帮助我承受负担。正是这些人，他们最急切地照顾我，耐心地对待我，而我却猜想过他们是敏感的人，很容易沮丧的人，常常自我辩解的人，所以这对饱受折磨的心灵来说不是合适的陪伴。

  尽管漫长的几个月过去了，我反复不断地觉得自己在耗尽朋友交情的资源，我不敢进一步提出任何要求，我必须非常体面地独自沉默，然而最能给我勇气的是，在我需要朋友的时候，总会有人出现，似乎他们有着某种善良的救助密约。一切看上去似乎没有什么作用，但是却使我表现出有礼貌、克制的样子，不把自己的痛苦向所有人倾诉。说来奇怪，当勇气和希望之火逐渐熄灭时，仍然留在我身上的品质就是某种可叹的礼貌行为，这一素质引导我尽最大努力使自己的存在不那么令人厌烦。这不是非常高尚的谦恭，因为其中有些成分包含着一种愿望，那就是有点虚饰我自己的悲惨境遇，不愿意让自己的状态赤裸裸地表现出来。有些人，他们不可避免地要与我接近，但悲哀的是，我必须坦言，我无力尝试装作无忧无虑、感兴趣的样子，其实目的不是为了宽慰他们，而是在很大程度上掩饰我空洞的头脑、倦怠的肢体和愁眉苦脸的丑态，所以我真的觉得对不起他们。

# 18

我在自己与他人的关系方面形成了一些新的想法，从而我能坦诚地说一说这些新思想对我精神的内在生活产生的影响。心灵体验是那么吸引人、那么令人惊异，所以往往会在一段时间里使其他的价值变得模糊不清，甚至被扭曲。

当然，在人性当中存在着一种强烈和秘密的思想潮流，那就是与世隔绝的想法，也许这会被认为是宗教的影子，或者从哲学意义上讲，被认为是宗教的本质和原动力。对所有的宗教而言这是十分普遍的，都是在试图实现理想，靠近神。禁欲主义，隐士和托钵僧的苦行生活，修道士和僧尼的生活，都是其表现形式。这样的生活方式能深深地控制最精练、最纯粹的精神，有人说得好，其本质是最有活力的一种恐怖，一种繁殖的恐怖，以故意不生育而告终。也许有人质疑，其本质是不是父权或母权的恐怖，或者是从智力方面和精神方面对肉欲释放过程的一种厌恶。我本人倒是相信，他们更加苛刻，不喜欢生理的粗野要求；身体的智力情感和精神情感越是发达，头脑越是厌恶身体的侵入、支配和诱惑，越是计划尽可能让自身不去感觉所有的生理冲动和物质冲动。所有的神秘事物当中最难解释的就是这样一个过程，而人类正是通过这个过程在创造发明、想象力和伦理道德方面超过了田野里的猛兽。

人类在动物世界里根本不是最强壮的，而自然法则似乎已经武断地做出了设计，某种动物可以通过遗传获得推理能力、实验能力、运用机械发明的能力，但是这个法则是什么则完全超出了我们的猜测能力。同样，人类怀疑自己在这里的生命并不一定就是自己存在的终点，他们怎么会有这样的疑惑是一个无法领悟的秘密；然而，即使是原始人类，葬礼的安排也能证明某种昏暗的信念，即死亡不是生命的终点。

随着推理能力的增强，人类发展了自己的想象能力，敢于推测不同事物的可能性，人们在头脑里逐渐形成对生活中一些不好的成分的厌恶，比如疼痛、失败和苦难，所以尽可能地在内心形成保护自己安全和宁静的设计。对心气较高的一些人来说，所造成的影响就是他们尽可能地将自己与不愉快的事情隔离开来，避免与生活中的不幸纠缠在一起，尽量不与这些事情发生关系。由此，有些人就变成了隐士，他们不试图改善社会，只是渴望离开社会。继续活着的本能在他们心里是如此强烈，所以摆脱生活忧愁的这种愿望并不会发展成为对自杀的崇拜。

在基督教里，渴望与世隔绝的念头毫无疑问是根据这样一个事实形成的特别法令，因为我们的耶稣基督本身作为一个完美无缺的人，以其自身的例子表明，完美并不需要形成任何人际关系。那么，随着利他本能变得强烈，相信有可能与世隔绝，与此同时又能通过代祈祷的方式改善精神世界，你就进入了下一个阶段；而且观念本身已经为自己聚集了许多神圣的联想。

如果你读过类似《圣奥古斯汀忏悔录》这样的书，你就会明白，个人主义观念是多么强烈地弥漫其中。照耀在圣奥古斯汀身上的新的光只能让他领悟自己与上帝的关系，并不能唤起他为别人服务的冲动。他从未想过为拯救他人做出安排，这多少有点儿自私。接着，这种信念不知不觉地开始改变，而精神境界最高的人由于羞愧开始对宗教观念感到厌烦，因为宗教观念仅仅是促使人们渴望在道德方面获得安全感。追求斯多亚学派埋想，有意地实施信仰疗法，目的在于不为痛苦和灾难所屈服，避免自己的愿望和意图因苦难而受到抑制和损毁，试图不让自己受到伤害。

确实，精神境界最高的那些人越来越多地认识到，他们的责任是维护人类皆为兄弟姐妹的观念。这个世界有很多可以预防的悲伤和痛苦，而他们的工作就是劝服人们去预防。所有高度敏感的本性都有可能在需要采取行动和做出努力时畏缩不前，有可能因世界的粗鄙、愚蠢和野蛮而产生逆反心理，所以对他们来说，在沉思圆满的过程中完全摆脱这种本性，更加珍爱生命，就是一个巨大的诱惑。

喜欢沉思的人发现，道德纯洁和道德神圣的愿景是那么美丽和庄严，所以他们禁不住诱惑，迫切地想把这样的愿景隐藏在心里独自享受，陶醉于其中。假如他们谈论这个愿景，粗略地评论，对世界无趣的嘲弄就会那么伤人感情，那么残酷，所以他们不敢亵渎。他们在这里偏离了基督的方法，因为基督的整个教导致力于以最简单的措辞陈述神圣的美。还有令人惊奇的基督教发展的秘密，基督教就像电脉冲那样在世界各地传播开来，这说明了一个事实，即成千上万人的心里都有着相同的模糊愿景，现在唯一要做的就是把模糊的愿景明确下来。

时至今日，神圣的概念似乎是作为一种无所不包的力量，而不是一种绝无仅有的力量得到普及。人们开始懂得，精神幸福必定不是拥有神秘宝藏的快乐,而是可以静静地谈论,拿出来与他人分享的东西。与此同时,人际关系的圣洁感已经涌现。现代思潮作为生命的一种巨大的再生力量,趋向于赞扬男女结合的爱。我们回顾一下人类一些伟大民族的思想,可以看到,犹太人对这样的人际关系有着非常强烈的神圣感,尽管禁欲主义理想在他们民族里并不具有巨大的力量,道德理想却在他们中间得到了最高的力量。

古罗马人把婚姻视为一种民间契约,甚至像诗人维吉尔这样的理想主义者也不相信神圣的爱的力量,认为这是悲剧般的情感,在人们当中造成了严重的破坏。古希腊哲学家柏拉图,尽管他本人在精神方面的天性很高,也很清纯,也是不加怀疑地将男人和女人的爱列入较强的生命力量,在他看来这是公民的事情,而男人与男人之间的友谊才是他真正承认的唯一的、高度的情感关系。

正是基督教第一个认可人类兄弟般的感情是一种深挚的情感,也是一种生命力,基督精神化了爱,他指明了爱存在的各种可能性,也就是说爱不仅仅存在于家庭圈子,甚至不仅仅存在于平和的人际关系,爱也可以扩展到与冷漠的人、怀有敌意的人建立关系。世界上很少有人尝试实现这一概念。爱国主义、自我利益、国家扩张、财产掠夺,一直被认为在伦理上是有正当理由的,反而取代了基督教泛爱的愿景。两个相互交战的基督教国家可能各自相当真诚地呼吁基督认可它们事业的正义性,尽管是通过杀戮和征服的方式，这样的实例令人感到悲伤，显现了人类自我欺骗的力量和将真理歪曲成权宜的能力。如今有大量迹象表明，一些文明国家开始感觉到这种态度的不一致性。全面裁军的可能性应当公开讨论足以清楚地证明，这一理想肯定会深入人心，得到各国民众的响应。

没有实现不了的梦想。一个人如果觉得世界正在按照这些线路前进，他也许就不能停止在世界上的暴行；但是他可以消除疑虑，认为自己的宗教信仰，无论是什么信仰，会是真诚和问心无愧的。他将尝试与所有接触过的人建立简单而又直接的关系。他不会怨恨什么，也不会接受偏见，他不会沉迷于猛烈的报复，他将培养自己的同情心，他将把个人的成功奉献给道义。这是我的经历的作用，使我纵观世界，朝向所有似乎在我身边的人，偶然或有意地宣称我的兴趣。新的精神礼物，新的秘密，势必会影响那种关系，势必会造成某种差别。新的推动力，重新获得的热情，使我对其他民族的情况比以往任何时候更加好奇；但是我现在不能满足于观察他们，为他们的独特性感到高兴，满足于发现和评价他们的品质。我对他们越来越感兴趣，关于那些奇妙的事物他们的感觉是什么，他们为什么能怎么感觉就怎么去做；我希望认识到他们的内心生活，分享他们的情感和希望，甚至分担他们的沮丧和痛苦。

# 19

一天，我的一个朋友告诉我，他曾向一位聪明的女士讲述民主方面的一些问题，而那位女士对他所说的却表现出不耐烦的样子。这让我的朋友有些不好意思，便温和地对她说："我觉得你对民主不感兴趣。"她迟疑了一会儿，然后答道："是的，我是不感兴趣；我只是对那些被民主政治送上前线的人感兴趣。"我认为，一旦你认识到人类关系的真实价值，你也会产生相同的感受。书籍、各种各样的艺术甚至谈话，不仅变成了人们以鉴赏者的身份所关切的事物，而且还是个性的暗示——可以说是你自身的灵魂和其他人的灵魂之间的符号、象征、暗示、解释和桥梁。要知道，美丽的终究不是被雕刻的石头、高高的拱门、和谐的音乐声、各种颜料组合的油画，在这些作品的后面是人文精神。我的一个朋友最近越来越多地把兴趣集中在文学评论方面。有一天他对我说："我现在读一本书，几乎不会去欣赏书的主题或思想；我现在考虑的问题主要是这本书是如何写成的。"这在我看来似乎是无趣的声明，这就像有些人品尝美食和美酒，人性似乎被他们排除在外。美食家和美酒品尝家对厨师或酿酒师的个性并不感兴趣，而这样的鉴赏在我看来似乎是不会有结果的。当然，在所有艺术里，最想表达自己的人，发现自己受到限制，不能完全出于快乐去表现、去记录、去想象、去创造，他们是真实生动的，他们不会简单地听天由命，但是又不得不做出评论和解释，将自己的印象显现出来；所以人们渐渐地不关心艺术是怎么形成的，更多的是关心其背后的灵魂品质。兴趣在于他们是什么人，甚至超过他们做什么；但是你在任何类型的艺术当中所感受到的兴趣是概念，而不是方法，尽管毫无疑问方法越是完善，作品的内在声音就越有机会清楚地发出来。不过，如果作品缺乏精神力量，仅仅是玩弄技巧，则是非常乏味的事情。

　　面对非常有生气、强有力的知名人士，困难之处在于如何得到一个共同点，以便相互感受彼此的情感。在我的经历里，当我遇到某个人，通过观察他对其他人起到的作用，他所发挥的影响力，别人对他的赞赏和喜爱，我就能察觉到他身上具有的某种优良、热情和有推动力的特质，这样的情况并不少见。如果你的兴趣完全在这样一个人的兴趣范围之外，想要找到一个与他交流的媒介是很困难的。虽然我对艺术的专门术语了解不多，但是与艺术家们交流我从未感觉到困难；我发现自己很难与工程师、数学家、喜欢赛马的人、军人进行交流，虽然他们是热情、具有很高素质的人，但是他们谈论自己的话题，我几乎插不进去话。文学、艺术、思想观念为我与其他人交流形成了共同基础，我完全认可这样一个事实，即有很多人，他们也具有崇高的意志、真挚的情感和其他一些高尚的品质，但他们并不能与你分享这些兴趣。你可以认可与你志趣相投的人，你也应当尽可能扩大自己的兴趣范围，遗憾的是，人们察觉到，在人文精神方面引起巨大障碍的正是理智行事的习惯、艺术偏好、民族特性以及社会风俗。你只要能坦率地承认存在着实质性限制，认识到生物在死后的未知世界里继续活动，你就用不着绝望。我们必须避开这样一个非常容易遵从的信念，即其他人的精神是令人讨厌的，因为他们的追求是无趣的。

另外，对有些人发出的各种信号你千万不要太在意——比如喜爱的信号和同情的信号，求助或希望得到理解的呼喊，因为你有时会发现，这些信号只是窘迫的虚荣心所发出的刺耳哀叹，他们刻意寻找的不是你可以给予他们的同情，而是你给予不了的称赞。常常有人给我写信，把他们的书和手稿寄给我，而他们这么做不过是以谦卑的方式试图给人留下印象，寻求获得不应得到的掌声。如果这样的人说我有东西要表达出来，但是我表达不出来，那么与他们友善地交往很容易，但是他们渴望的常常只是让他们自己的虚荣心得到保证，对此你做不到。实际上，这样的虚荣心应当得到抑制，因为虚荣心是我们的精神和其他人的精神之间最厚实的幕布，无论付出什么代价，只有把这块幕布扯下来，你才可以从根本上识别他人。我并不是说抑制他人的虚荣心是你的责任，但是让虚荣心助长肯定是一种责任；尽管虚情假意的赞美听上去像是有礼貌的解决方法，其实这只不过是权宜之计或应急手段，结果并不能让你满足。

虽然自我表白是非常虚弱的事，但只要有人愿意坦率、真诚地谈到自己，总是令人关注的；忏悔常常是很好的补药，作用甚至超过赦免。我记得曾经和一个非常任性、自我为本的年轻人进行过一次长谈，他声嘶力竭地讲述着自己琐碎的积怨。我与他争论了几句，可是他所做的一切就是暴躁地大声叫嚷："你不理解！你不能从我的角度看出问题的所在！"听到这话我离开了。事后不久他告诉我，把自己的情况表达为明确的词语已经改变了他对此事的整个观点，而且他懂得了抱怨是多么可怜而又可鄙的事。在这样的情况下，你只能遵从自己的本能，而我从未因尖刻、辛辣和所谓的敏感获得什么好处；与此同时，我从那些允许我畅所欲言的人们那里获得了很多的好处，我似乎因为自己这么讲话而感到相当惭愧。

不惜任何代价，无论牺牲什么样的偏见、尊严或权威，你必须以某种方式与人们交流。我们正是为此生活着，如果说我们无力抓住风和太阳，那么这些就是掌握在我们手里的微妙的线。

# 20

　　我敢肯定，无论多么安静，从来不冒犯别人，你也不可能将自己与人类隔离开来。在早年写一些书的时候我犯过将自己与别人隔离开来的错误，对此我感到懊悔。当然了，如果艺术家希望高度集中精力工作，从某种意义上讲他就必须使自己处于隔离状态。如果作家希望写出好的作品，他在阅读和写作的时候就不愿意被人打搅。他一定要全神贯注，而一旦这种状态结束，随之而来的一定是冷漠和精疲力竭的情绪。有些伟大的作家，例如沃尔特·司各特①、萨克雷②和狄更斯，以他们充沛的活力同样能够做到频繁地参与社交生活。萨克雷就是一个应酬很多的人，非常健谈，不仅是作家，还是编辑和策划人，他可绝对不愿意过隐居的生活。他是那么渴望生活之光、生活之声和生活气息，所以到了晚年，他甚至不喜欢在书房里写作，宁愿跑到俱乐部或者旅馆的吸烟室。狄更斯同样喜爱社交生活、戏剧表演和各种娱乐活动。沃尔特·司各特喜欢黎明时分在乡下安静的小书房里写作，创作了很多名著，而这时他的客人都还在熟睡当中。可是到了白天，他则与朋友交谈，款待朋友，建造屋舍，规划田园，骑马打猎，活跃地过着乡绅的生活。但是另一方面，小说家当然不能远离物质世界，因为他们需要从中获取素材编织他们的梦。

然而，就一些最有个性的作家来说，如果看一看他们是如何从一开始就热心地追随自己的梦想愿景，他们的特点就更加明显了。他们在自己幻想的魔法森林的林间空地散步——这样的林间空地甚至与人类开阔的牧场和耕地分离开来，被深远的广袤森林、枝叶茂盛的树丛所分开，而且更进一步，以其所有流动的雾

---

① 沃尔特·司各特（Walter Scott，1771—1832）：英国诗人、小说家。代表作有《湖上夫人》《特里亚明的婚礼》《岛屿的领主》《无畏的哈罗尔德》《昆丁·达威特》《十字军英雄记》等。——译者著
② 萨克雷（William Makepeace Thookoray，1811—1863）：英国小说家。代表作有《名利场》《潘登尼斯》《亨利·艾斯芒德的历史》《纽可谟一家》《丹尼斯·杜瓦尔》等。——译者著

气远离城市的尘嚣——对他们来说，这些是那么可爱，离他们又是那么近，所以他们的心里除了闪烁在绿草上的阳光、落在叶子上的雨滴或灌木丛里传出的鸟鸣，其他的什么也容纳不了。但是，你最终要走到树林的尽头，那里总是处在黎明时分，西下的斜阳从未出现，对诗人来说那是关键时刻。有时候，诗人只能无能为力地在林中小道向后窥视，为失去美好的光景而忧伤，有时候，这些是值得的，他炽热的心对地球上的所有居住者充满深情，无论是快乐的还是悲哀的，聪明的还是愚蠢的。他从梦中醒来，开始意识到一个更大的有关生存的秘密，这个秘密他差一点儿错过，感觉到一大队无助的人在黎明和黄昏之间悠闲或者小心地走着。他毕竟也是其中一员，尽管他曾经徘徊，希望脱离他们。而且正是在这个梦醒时刻，诗人了解到并确定自己的伟大之处和虚弱之处，他的生活才能够很快随其重点而定。

我认为确实如此，所有伟大的诗人都曾经不得不面对这种觉醒，真的，还有其他的作家也是这样，虽然他们没有写出什么诗句，或者写出的诗句非常拙劣，但是在心里和创作中都有着诗人的胸怀。对一些人来说，过于依赖音乐般的词语和旋律优美的乐句等技巧，已经摧毁了他们的满足感和快乐；但是对最伟大的作家来说，他们却已经创作出更深刻、更真实的音乐，直到他们的声音像晚祷的钟声穿过屋顶那样飘入天空。

我只能说一说自己从痛苦中觉醒的情况。不管多么胆小、羞怯和疑惑，我确实逐渐意识到这种范围更大的希望和情感。在我的一生中，我曾有二十年时间在学校里与学生和同事一起生活。尽管那里有着极其美好的清新感和冲动感，在学生的日常生活里和内心里，他们并不能从整体上认识人性。他们只是看到了事物的一个侧面，甚至在他们犯错误和出现过失的时候，心里几乎没有产生阴影。错误有人纠正，罪恶有人消除，当知识的果实从树上采摘下来时，除了希望再从头来一遍，其余的所剩无几，而这时账单仍然需要支付，他们还没有进入暮光之城。此外，在当小学校长时，我可以看到一代又一代人快速转换。正当心灵开始朝光敞开，低年级的升入高年级，新生取代了原来的学生。

当我离开学校时，所有那种忙碌而又快乐的生活都被我抛在身后，眼前浮现了大量的希望和愿望，希望按照自己所喜欢的路线生活，渴望运用所有在安静的时候沉思出来的想法和对生活的展望来充实自己的内心，这些是你在转瞬即逝之前刚刚想抓住的东西，就像城里的孩子放假时来到乡下，两手抓满树叶、花枝和草莓。

这里面存在着大错，我决心按照自己的条件生活，做出自己的选择，有意地排除所有粗糙和枯燥的成分，这样看起来是那么平静、那么无恶意、那么成功！

接下来，明亮的天空突然飘过来大片乌云，眼前的景色笼罩在雨水中，我疲倦地站在山坡的小空地上，不知所措，只能忍受着风吹雨打。然而我知道，地球上的美丽和甜蜜就在暴风雨后，就在暴风雨中，遗留下来的美好就是我以前忽略的东西，尽管我看不到也抓不住。结交朋友和建立友谊以前只是一种轻松分享快乐或奇特经历的方式，就像在一个阳光明媚的日子与朋友一起在山坡上高谈阔论。可是现在的我似乎被某种精心制订的爱的密约以难以形容的亲切和感情包裹住了，当我除了无助的礼貌和无言的感激，拿不出什么来作为回报时，这种亲切感只能是渴望给予、保护和帮助。

然后，我的眼界真的打开了，我看到这个世界存在着有质量的爱，无限强壮、无限有耐心，我以前获得的乐趣更亲切、更强烈，那样的乐趣曾一直是我冷淡的亲缘关系和朋友关系的基础。但愿我能说出或表达出其奥妙。但是这种事情只能被感觉，不能以想象的词语说出来被人知道。

所以，人类伟大的同伴关系突然出现在我的视线里，以前由于愚蠢无知我却从木领悟过。爱与关怀的巨大潮流就在那里，默默地冲刷着多岩石的生命小岛，顺从某种巨大而又遥远的力量，然而，所有一切都是在和谐的情感当中神秘地摇动着。我怎么会忽略了呢？以前，有很多事情在我看来似乎都是些不重要的琐事，甚至是怪异的现象。比如人们用粗俗的话语和笨拙的套话发泄党派偏见，喋喋不休地争论，可笑地会面和聚会，默不作声或无聊的人们的相互仰慕，还有我苛刻、理性地做出判断的事，等等。现在我明白了，这些事情其实是一种坚实力量的迹象和象征，无限强大、无限真实，其现实性超越了所有的艺术质量和感知质量、价值观念和类型、色彩和比例、所有没有灵魂或半有灵魂的东西，而且我认为后者还象征着从远处到此处的动机，如果与生活的声音和腔调相比较，这些迹象只能像是写在墙上的文字与对这些文字的解释所做出的比较。

你可以一眼看到所有这一切，认识到这一切，相信这一切，知道这一切就在那里，但是把这一切变成自己的那还差得远，这一切的到来必须是逐渐和谨慎的。打个比方说吧，我看到，以前我就像是钟塔里的蜘蛛，趴在自己结满灰尘的网上，每隔一段时间就会被大钟的轰鸣所打扰，从未猜测传过来的钟声除了使石墙和昏暗的百叶窗板产生振动还有什么更多的用途，从未想过这是全城都能听到的报时声，甚至能远远地传到榆树环绕的家园，人们就是以此来划分白天和夜晚，限制他们的劳作时间和休息时间。

# 21

时间和空间,这些是永恒的难题。从某种意义上讲,你必须为了生活而工作,全神贯注于业务和苦差事,需要独立地做完苦活和累活,需要扫除碎片和灰尘,即使这样,可怜的躯体还在很大程度上任由物质需求的摆布,比如说吃饭和睡觉,你如何才能自由地与其他心灵进行接触呢?绝对不能低估工作的重要性,工作对我们大多数人来说是健康人生的必要条件。然而,最伟大的人似乎是通过根本不劳动来解决这一问题,假如每日辛勤地劳动是那么重要,基督自己必定会在这一方面已经树立了榜样,或者称赞劳动的神圣；可是没有证据表明基督为了谋生而埋头苦干过什么活，而且他的所有教诲是反对劳作，或至少是认为忧虑地工作是没有意义的。渴望满足身体需要，食物、衣服和住所，上帝是多么轻视这些东西！在他的寓言里，纯洁的人既不用辛勤劳动，也不用纺纱织布，马大因主妇般的照顾而受到指责。福音书里讲的是简朴，是平和，是爱，从来不讲工作。那么看一看苏格拉底，他有意把时间花费在谈话上；圣方济各，他敢于把所有的时间都用来思索人类生计，却要挨家挨户去乞讨。对这些人来说，生活不是做苦工，不是拥有一处房子在里面料理家务，更不是赚钱发大财，这些事情完全是在浪费时间。生活的目的是与同类混合，提出问题，讲述故事，在祈祷中表达他们的希望，如同通过实物教学课，他们指明，对我们大多数人来说，持续不断地关心食物、好房子和投资是一层面纱，这层面纱轻薄或厚实地垂挂在我们与真理之间，这些都是短暂的东西，而情感、友谊、相互理解和同情是永恒的。

　　用不着非常担心人们会过于急切地信奉那种生活理论；实际上，希望也许宁愿是这样的，就像财富慢慢地变得均衡，生活变得能够简单些，我们每一个人也许最终转向享受家居生活的平凡事务，这绝对不会干扰思想，而只是快乐地运用手、眼睛和脚。

　　如果人们普遍采取简单生活的方式，所有人也许就会过着休闲安逸的日子；然而奇怪的是，我们看到那么多的人按照积累财富的本能行事，这是为了获得更多休闲时间的本能，但是当他们达到了自己的目的，却怎么也放不下工作。

假如我们承认我们大多数人辛苦工作是有必要的，我们仍然每天都有机会广泛接触各种各样的灵魂，年轻的和年老的，无论工作时还是休闲时，如果我们愿意，我们也许可以与他们建立联系。可是，将我们分隔开的是什么呢？最常见的是各式各样的谨慎，对他人动机的怀疑，担心被人利用、嘲弄、瞧不起的恐惧。还有，不同阶层和不同传统的差异，目标和理想的差异，品位的差异，以及很奇怪的，那就是我们本能地不喜欢一些人。但是真实的障碍是自私自利，这使我们对别人产生敌意，因为我们害怕自己的安排、自己的希望、自己积累起来的财富会受到破坏。我们希望得到别人的理解、尊重和敬畏，当我们获得了权力，我们也许会用来做任何事情，不仅如此，我们还会由此感到安全无忧、扬扬自得、高人一等。所以，我们开始相互不信任，相互躲避，我们以雄心、荣誉、勇气和爱国主义的名义虚饰自己的憎恨。但是说到底，所有这一切其实意思是一样的，那就是设法搞到一处私室，我们也许可以独自待在那里歇斯底里地发狂，对着猎物咆哮，沉湎于自己的收获。有时候，灵魂谋划抛开那一切，平静地将其所感受到的感情透露出来。在爱情、友谊和交际等方面，人们开始察觉到，他们的兴趣并不都是个人特有的，真的是有共同之处；他们认识到，少一些索取，多一些奉献，他们可以获得所渴望的安心生活和舒适生活。一个人的心脏越是强大，就会越少地利用自己的优势，就会更多地与他人分享自己的幸福。谁都知道为自己所爱的人做出一定的牺牲是最纯粹的快乐。

有些人也许会说："是的，我把所有这些看作遥远的梦，这一切够美好，但是行不通！我如何才能开始？我发觉自己处在一个狭窄的地方，身边有很多人，可是他们的兴趣爱好与我的相抵触，他们似乎不喜欢我的生活方式和言谈，不希望对我做出任何妥协。在和平共处和相互喜爱方面，有什么切实可行的措施我可以采取呢？"

答案是我们必须认识并清除自己头脑里的一些想法，因为这些想法会使他人感到烦恼或者激怒他人。我们不可以武断地做出判定，我们不可以责难他人，我们不可以抓住好的东西不放手，我们不可以无端猜疑他人或与他人抗争。我们必须尽可能真诚、有礼貌地接近他人。我们预先就对人们抱有错误的态度，想当然地认为人家是傲慢的或怀有敌意的，总是猜测可能发生的争论，与人交往困难的原因大半就是这个。我回想起自己年轻时曾忍受过一些极讨厌的人，发觉自己处在一个不熟悉的圈子，尤其是那个圈子里人的追求与我的不同。总是有人希望隐瞒自己的无知和笨拙，希望劝说他人相信自己的效力；然而，只要简单地了解一下，这些原来是多么单纯和善良的。

在像我这样的生活里，其实根本没有什么障碍。在大学校园，只要时间允许，你可以认识很多人，其中多数人对你的友好态度都愿意做出反应。作为作家，我发觉把自己心里所想和所感受到的准确表达出来是很容易的事。通过我的书，我结交了许多素昧平生的朋友，他们给我写信，向我发出友好的信号。当然也有很多人不喜欢我的书，认为我写的东西感情脆弱、废话连篇、欠缺尊严。我不想假装喜欢这些不赞成或瞧不上我书中内容的评论，因为这些正是我应当避免的。但是不管怎么说，我的意思是坚持走自己的路，不是为了名声或金钱，而是为了爱，雪莱说过，名声只是爱情的化装。

假如有个爱发牢骚的人问我，追求爱的意义是什么。假如他说他不重视爱，或者不想得到爱，只是渴望安静地度过一生，做些使自己高兴的事，那么我就无法回答，只能说我相信有朝一日在某个地方他同样会被卷入爱的潮流。你不能抵挡住世界上这种最强大的力量。一个人，如果渴望脱离同类，那就像是古时候漫无目的地游荡的骑士。因为我相信我们都一样，我不是在这里打一个比方，而是在陈述事实。过去的牧师，如果用自然现象作为他论点的证据，说天上有一个太阳，有一个月亮，有一大群星星，那么他以整体性为题目布道就会受到嘲弄。星星有着各自的运行轨道和路径，有不同的光亮，正如我们各自有着单独的躯体和不同的生活方式，它们只是飘动的物质簇，有一个像大海那样的统一体。我相信我们的灵魂同样有着与此类似的统一体，相互之间的亲密程度甚至超过伙伴或兄弟；而我们的任务是承认这种亲密关系，尽可能地加以亲近。

所以，我将尽可能接近每一个人类的灵魂，接近到足以发出信号的程度，"啊，是你！你在那里！"足以靠近地认识到，我们对生活有着相同的分担和品位，对光、健康和工作有着相同的乐趣，相同的希望和恐惧，相同的伟大觉醒。我愿意横在我自身灵魂和其他人灵魂之间的障碍完全被清除，我愿意关心全人类，就像我时常想起不在自己身边的朋友，他们的笑容、言语和动作在我写作的时候出现在我面前，我每天都希望能够看到他们和听到他们说的话。当然，关注的程度肯定会有些不同。假如我们的思想存在于同一区域，喜爱相同的运动，相同的光线，相同的声音，那就容易多了。你可以与你见过的大多数人建立关系，你一定不能退缩，说这里有个人我再也不想见到他，我们毫无共同之处，我为什么要自找麻烦去喜欢他或努力让他成为像我这样的人？这种惰性必须克服，我们决不能养成这样的习惯，昏昏欲睡地消磨每一天的时光。潜在于各种政治活动、社会组合、工作问题和统治问题中的生活源泉就在于无止境地渴望人们不要相互分开，而是与其他人达成妥协。我们为什么被囚禁在对立的势力当中，与兴趣相抵触，其原因也许就是我们没有学会从中寻找出路。

　　我为什么现在觉得这些如此迫切，那是因为我不仅逐渐意识到自己灵魂的活力和持久性，也开始意识到所有灵魂的活力和持久性；所以，我真的急切渴望不再理会生命意义的观点和隐士的梦想。我的思想对别人并不一定有用处，我很怀疑自己这方面的能力。我根本没有意识到力量、美德和幸福的储备，虽然这些我都得到了分配。我当然没有能力推荐我作为榜样，我也不是值得人们追随的榜样；但是我渴望了解其他人，明白他们的想法，博得他们的同情。也许具有某种美的东西在我们自己的理想和目标里，但它们往往会由于性情和偏见而受到玷污。我认为，人类内心最深处的思想倾心于纯洁、善良、真实和美好的东西，而我应该通过与其他人心灵的接触使自己虚弱的意志得到加强和修正。当你接触到直率、慷慨的人，他们事情做得非常好，而你费尽心思也做不好，你不必愚蠢地把这个人理想化，或者更加愚蠢地把他们当成偶像崇拜。

　　有些时候，当你面对庄严和不幸的事情时，你确实能不可思议地突然靠近人的灵魂。有一天我走过一个小村子，看到教堂边有一群人站在那里望着一个新挖的墓穴，一个忧郁的老人，腿有些瘸，倚靠在墙上，从他的脸庞和相貌看他根本不是个英雄般的老人，我认为他是个酒鬼。我停下脚步，问他这是谁的葬礼。他简短地告诉我，这是一个农工的葬礼，上了年纪，三天前突然死了。接着他对我说，"他是我的朋友，真正的朋友！他这辈子饱受苦难，为人善良，也很安静。在他去世的前一天，就在这里我们还在一起闲聊，当时他说教堂里的墓地太多了。他并没有料想到自己这么快就离世了，现在我要看着他被埋葬在这里。我知道，用不了多长时间我也要随他而去；但是不管怎么说，死亡真的是很悲哀的事！"

他昏花的老眼流出了几滴泪水，流淌在面颊上。他看了我一眼，我知道自己理解他的心情，而他也理解我，我们都感受到了黑暗的恐怖和我们对所有熟悉事物的热爱。我想，他一直以独特的方式在宽慰着自己，但是这样一来就释放出了那种诗意的触觉，而这样的感触深藏在许多人的心灵深处，或者说刺穿了蒙在我们很多英国人脸上羞怯的面纱。

我恐怕不应该喜欢这个老头，把他视为同伴；但是通过所有这一切，我认识到我们怎么说也是同伴，尽管我们之间的差异很大。而我同样感觉到，那一刻对我们两个人来说很有价值，甚至超过了那一天的重要工作。实际上，我们不得不做的是应当从体面的生活方式和有尊严的偏爱中解脱出来，认识到安逸、快乐和活动都会终止，就像冬天里我们呼出的哈气逐渐消散在空气当中；但是对我们来说，要紧、影响我们、依然存在的是这样一个事实，即我们能开始意识到其他灵魂，也许会受到阻碍、感到负担沉重或者有所限制，如果我们确实不能像人类语言或思想定义的那样相互更靠近一些、更一致些，我们和那些灵魂的关系也是很亲密的。

## 22

  这样一来我就懂得了,一个人必须使自己的手与生命的臂膀连接起来,不仅如此,你必须有工作,不仅是你自己选择的工作,还有乏味、艰难、令人讨厌的工作——就是那些你不想做的,或者即使做了也盼望快点结束的工作,也许还要表现出努力工作的态度。还有另一个错误——我犯的错误可不少,这些错误一个又一个地出现在我身边,它们手指搭在嘴唇上,微笑着看着我!仅仅致力于使自己高兴和兴奋的工作是不行的,这些事情早晚会失去味道,就好比你不可能天天吃美味佳肴。有吃羊肉的日子，也有喝粥的日子，就像威廉·莫里斯以其直率的风格说过的那样——没有永久的筵席。你不可能避免自己不受到家传的影响。我的祖辈在很长时间里是农民，在田地里耕种，后来成了做买卖的商人，接着才是教师和作家。在我的家族，每个成员都必须工作，自己去谋生，没有谁可以得到赦免。我骨子里就是个中产阶级，没有能力强制自己过着安逸的生活。

假如你独自做着什么快乐的工作，日复一日，你的快乐感觉会一点点耗尽；假如你没能将你想做的事从一而终地完成，未能在一个春天的早上离开，置身于绿意葱葱的杂树林；或在一个金色的秋日置身于结霜、覆盖着薄雾的林地，看着树上的红叶，那么即使快乐最终来临，你也很难体会到那种强烈的、盼望已久的乐趣。这不是在说工作的责任，我全心全意地主张勤勉工作；但是拒绝所有的苦活、累活和烦人的零碎琐事，这种能力是快乐主义者的愿望，与健康的生活格格不入。你必须面对和忍受枯燥乏味的工作，我不必具体说出什么工作，这些工作是我们大家和大多数艺术家都需要的补药。一些艺术家可以在自己的工作过程中获得补药，这些工作包括准备调色板、配置颜料、搓揉黏土、切取石料、抄写乐谱，所有这些和其他手工操作的活使一些艺术家在精神上得到了他们需要的调剂。但是喜欢沉思的作家们就没有这样具体的辅助程序，思想和印象的谷粒被磨成面粉，从漏斗流入面袋子，所有机械作业都是在大脑齿轮的转动下完成的。作家越是兴奋，越是饶有兴趣，他的工作越是充满危险。我想知道，还有比找到妙语佳句，形成美文腹稿更令人发狂的事吗？

但是我们需要克制，生活中我们会受到一些琐事和没有意义的礼节活动的干扰，这个时候就不要试图整理自己某个精妙的想法，使之形成文章，因为这么做只能让你感到无奈的痛苦，拉紧的线可能会断的。

我不希望立即减少或清除世界上的苦活，我只是希望减少那些纯属浪费的苦工，例如花费巨大的军备，那只是国家间用以相互进攻和恐吓的手段。我希望穷人不再为照顾有钱人的怪念头和奢侈行为而付出辛勤劳动，我希望这个世界做苦工的人有时间培养自己对简单而又美好事物的品位，当然这并不是说健康快乐的物质或机会在平凡世界是缺乏的。印刷、图片复制和铁路已经带来了美好思想和有趣思想的快乐、艺术的快乐，让我们看到地球上的绿地和波涛汹涌的大海，所有的美景几乎就在附近——假如这是他们想要的！如果他们的想象力需要滋养，可为想象力提供的食粮是充足的。问题不在于为什么给予人类的东西他们却不在乎，而在于如何让他们关心自己已经获得的东西。在我看来，令人悲哀的是我们设备齐全、效率很高的学校在这一方面十分欠缺，他们的教育并没有触及想象力和心灵，而治愈我们罪恶的良药恰恰存在于想象力和心灵当中。

有些人，他们的命运也许就是当工人，学校不是教育他们享受体力劳动的乐趣，充实自己的消遣时间，而是教育他们忌妒坐办公室的人。

我偏离了自己的观点，也就是说，假如你只能将人们的思想集中在工作的快乐，而且还要他们把注意力很自然地放在生活的喜悦上，而不是人造的娱乐活动上，这个世界就会有很多令人高兴的事。

我认为，我们最糟糕的错误就出现在这里，那就是我们确定以各种形式怂恿竞争的本能和对抗的本能。我们不是奖励能容忍、和善、心情愉悦的人，我们奖励强壮、灵巧敏捷、自给自足、无礼傲慢的人。我们向孩子头脑灌输的观念是，他们必须打败其他人，确保他们能获得所有优势。在我看来，这就像我上小学时所尝试到的有毒的滋味——分数、荣誉、体育奖项，一切都是为那些善于夺取、拥有和表现的学生准备的，至于那些无私、迟钝、笨拙的学生除了不信任、蔑视和同情，就什么也得不到了。应当受到奖励的学生，虽然他们不抱有成功的希望，结果却证明他们耐心学习，诚实做事，喜欢负责任，看重兄弟情义。然而，这样的学生却因愚笨和羞怯让人觉得可怜，花冠落在了勇猛、沉着、敏捷的学生身上。其实，培养学生的目标本应该是对工作的爱，对休闲的满足，还有家庭的和睦。

假如这样的理想展示在我面前，我可能已经受过这些理想的训练并爱上这些理想。但是我被鼓励去努力炫耀、去做惊奇的事和讨人喜欢的事，如果可能的话，去赢得别人渴望的奖赏。我想，我得到了挽救，作为年轻人，我因懒散、胆小、喜欢安静而免遭灾难性制度的迫害；但是我学会了厌恶自己的工作，浪费自己的休闲时间。接下来，在我活跃的校长工作过程中，我身边小学生的兴趣、学习上取得好成绩的虚荣心、被老师表扬的快乐，使我的工作免于失败；但是新的兴趣，或者长期压抑的原有的兴趣难以控制地出现了，直到最后我决心不再如此漂泊，就像我以前说过的那样，投身于文学写作，享受情趣相投的快乐。

对此我不后悔——只有这样，通过坦率的体验，我们才能吸取教训。但是现在我知道，我们不能摒弃苦活累活，即使有的工作可能会阻止你的自我取悦和追求快乐的放纵，那也是不可缺少的。神圣的任务，如果可能的话，应当像很久以前的婚宴上，将生命之泉变成生活的美酒。生命之屋的墙壁必须得到稳固和严格的建造，无论你怎么下大力气用美妙如画的理想和挂毯来装饰都不为过，多彩的颜色和别致的样式也许会让你的眼前一亮。

## 23

  有一些人,无论他们住在哪里,他们几乎不可能与世隔绝,他们一定会寻找某些关系,然后追求这些关系。像这样一些人,没有任何负担和压力,也不是出于好奇或什么目的,只是体现出了某种美好的自然本能,他们能够根据宽松的共同基础与大致相同的人交往,即使可能是默默地微笑,对他们来说,知道有其他人的存在就足够了。但我却没有这样的天赋,然而我拥有强烈的本能欲望,希望发现有关人们的一切,与他们在一起,形成邻居关系,与他们谈谈心,走进他们的心灵。我想知道他们的品位、抱负、生活环境、偏见、做事理由和梦想。我渴望将自己的经历和目标与他们的进行比较，在我们各自的头脑里建立起相互联系的通道，进入他们的工作屋和幻想花园。这样一来，冷漠、诡秘或传统的人，如果披上盔甲，戴上面具，就是一件让人筋疲力尽的差事，因为我希望他们泄露自己的偏好，现出原形。对那些善于观察和喜欢探究的人来说，尽管这一过程足够简单和愉快，使人身心健康，情绪高涨，假如你厌烦了，或者过于全神贯注，或者倦怠了，那就很有可能变成相当痛苦的折磨。

事情照旧不得不继续进行，机械和沉闷，没有激情和活力，就像疲惫的乐师没完没了地弹奏着乐曲，倦困的扑克玩家没完没了地玩着虚构的游戏。假如你退缩到选择出来的朋友形成的圈子，得到他们的保护，你可以不必明显地表现出不爱交际也能过上退隐的生活。每个人都有权加入一个亲密的内部圈子。实际上，如果没有这样一个圈子，你的生活其实是非常呆滞的。你必须懂得，与生活的接触自然离不开与一定工作的接触。也就是说，如果你不得不与人们形成关系，无论你是否喜欢他们，是否愿意与他们打交道，都要依照他们的意见调整自己。那就要考虑并重视这样一个事实，即他们看待事物的观点可能与你的不一样，更可能认为你的观点违反常情。比如说，如果你知道同事认为你的观点不可思议或不合理，你不得不努力去说服他，不仅仅是因为你有权维护自己的观点，还因为他可能没有理解或者过度轻视你的观点，这就需要你的头脑具备灵活性。你不得不充分利用形势，处理好与他们的关系，学会妥协，甚至在得不到信服的时候做出退让，接受别人出于偏见对你进行的猛烈打击，痛苦而又惊讶地意识到你被别人认为是固执、爱管闲事或能力不足的。你认识到自己挚爱的观点也许根本没有分量，或者被人厌恶和怀疑地看待。犯错误，由于管闲事而吃亏，因坚持而失去机会，非故意地冒犯，或者无论你的想法看上去多么合理、多么富有成效，你也不能为所欲为，所有这一切实际上是有教益和有帮助的。

不在其他人陪伴下从事一定的工作，那就获得不了这样的认识。在这一方面过高地鼓吹你的理想，或者以一种紧迫的责任感对待生活，试图运用伟大的规划帮助人们都是没有用的。首先你不得不使他们渴望得到帮助，然后安心和充满希望地相信你就是可以求助的人。如果说有什么我不信任的态度，那就是有些人想要发挥影响力的态度。一般说来，这仅仅意味着一种性格，自以为是，没有同情心，你不能按照这些条件接近生活。如果得到允许在什么事情上让你起到作用，你就必须对此表示感谢。就照着人们现在的样子和本来的面目去爱他们，假如你不能喜欢他们，那就对他们产生兴趣，可能的话，让他们给你带来快乐——这才是更为健康的态度。你不能在军队生活中给自己赠送一份上尉委任状，而如今你甚至不能赢得这个委任状。升职必须靠功绩，很少有应当得到提升的人没有得到提升的。

当然，获得成就，赢得一个职位在英国是有着极大诱惑力的事情。我们是非常惯于顺从的民族，相信从属关系。给人们贴上标签，做出分类，我们有着广泛而又详尽的制度，而且拥有一个完整、非常方便的标签体系。假如你有什么观念要宣布，或者对生活行为有什么建议要提出，你就会非常迫切地希望获得一个明确的标签，因为在英国，人们喜欢听那些有某个头衔的人讲话，如果不能直接与自由作家接触，表达敬意，他们也会尊重他的思想。在英国说你在想什么并不是一件非常容易的事，但是很容易发现其他人想什么，并加以议论。从进步的观点看，赞同并强力推崇流行的普通理念，这样的能力也许是一个人可以开发的最有效的力量。英国制度对双方都起作用，有些人的头脑也许不那么精明，或者说是平凡和敏感的，但如果有一间办公室或一个职位就可以提升他们的价值，因为这能赋予他们更大的信心和决策力，教会他们公正和仁慈地表现自己。我知道很多人，具有真实能力和创造力的人，他们的头脑却因地位和办公室而受到约束。

这样一来，有思想、有见解的人常常处在非常困难的境地。首先他与绝大多数人一样，需要有一定的工作和与社会的切实关系；另一方面，假如他重视自己的素质，被繁忙的公务和无聊的事情所困扰而不堪重负，他就绝不能这样。在所有这样以建立组织和团体为目的而形成的人群当中，英国人往往在程序和财政方面失去了自我，他们把冲动和理想条理化，他们不得不做出全面妥协，编造一个不会让任何人满意的制度，然而却不能为公开的不满找一个借口。最近我一直在读《卡莱尔的生活》，这本书对我触动很大。也许是天意的引导，卡莱尔从未获得任何官职。有一段时间，他一直努力想得到一个教授职位，如果他真的当上了教授，他演讲的自由也许就会受到限制，他的翅膀就会被剪去。

  喜欢沉思的人，他的目标就应当是从事某种确定、简单、具有无可争辩实用性的工作，尽可能长远一些规划自己的理想。假如他不这么做，他就会失去判断轻重缓急的能力和现实感。他逐渐埋没在各种艺术的幻想当中，开始高于一切地评价艺术品的品位、色彩和自然美。如果他能把握生活，他身上似梦的素质就可以启发和扩展他的创作，使他的创作富有成效，引发联想，获得均衡和生命力。尽管这样可能变得华而不实和无趣，假如你的抱负本身就设定为获取显赫的地位和名声，赢得更多的尊严和薪水，那么这样的抱负就会转化成一种更有活力的力量，就是能够转动世界车轮的力量。这样的抱负不是一心想击打水面，掀起波浪，发出溅泼声，而是尽可能迅速地悄悄流淌在寂静的田野和树丛里，从一个水闸到另一个水闸，从一个磨坊到另一个磨坊。一个人这样想到的抱负是一种志向，并不会因为具有突出的观点而闻名，不会因为他们有魅力的演讲而受到赞扬，而是因为以正确的方向改变时代思潮，增加能源和劳动力，促进社会秩序与和平事业的发展感受到更深切、更真实的快乐。那么，你关心的不是优雅地跨越惊涛骇浪，而是关心风的秘密、海水跳跃的脉搏。身处世界各种力量的内部，顺应自然力量，不是从中捕捉因胜利和获得掌声而产生的无聊乐趣，这样你就能开始察觉到无限的快乐。

我可以谦逊和感激地说，这是我从长期压在我头上的那片乌云那里收到的礼物，让我真正感觉到了个人名望的卑微和丑陋，还有名望阴暗的欺骗性——令人疲惫不堪、沉重、举步维艰的生活陷阱。结果表明，光荣变成了那种愚蠢和浮躁的游戏，得不偿失。如果你不是通过运用才能获得乐趣，或者说不是为了快乐地看到好的想法不断增多，伟大的思想不断发展来施展自己的才能，只是为了在可笑的队伍里获得昂首阔步的快乐感，或者为了占据荣誉席位，并把这些作为自己努力的目标，那将是非常无趣和令人痛苦的事！

在这个问题上欺骗自己是多么容易！贪图虚荣的力量是很微妙的，所要遇到的进一步危险就是你认为自己是高贵的，其实是平庸的，你穿上了长袍，骄傲地摆出超凡脱俗的样子，实际上却成了崇拜权贵的势利小人，这是最卑鄙的事。由此看来，尊重常识、做一个正派的人也许可以拯救我们。请允许我坦率地讲，对像我这样的一些作家而言，熟练的写作技能和手法可以使他们的作品有着一定的吸引力，获得比较广泛的欢迎，所以来自各地的很多读者感人、有趣的交流会使他们扬扬得意。但这不能作为追求虚荣的借口。你可以很清楚地看出虚荣心是从哪里来的。如果你直率而又诚恳地写作，结合富有同情心的构思，就会有许许多多的人向你敞开心扉。无论是男人还是女人，只要他们觉得自己寂寞，得不到安慰，处在性情不相同的人们之间或不舒服的环境里，一旦他们了解到作家在许多方面也是常常遇到许多挫折，并且不会为自己的坦白而感到羞愧，他们就会和作家携起手来。

也许没有谁能够比我更完美地意识到这一点，因为我在实施自己的设计或者让我的观点在世界上留下印记时就经历过多次失败。该来的失败一定会来，但是我的失败并不是因为我能力欠缺，而是因为我意志薄弱和本性浅薄。我这么说不是满不在乎，而是因为坦率，而且我希望我能有另外的想法。尽管我没有能够使自己的愿景和希望活起来、流行起来，我并不怀疑其实质。所有我没有抓住的机会，所有我犯过的错误，就像乌云紧随在我身后，我怯懦、虚弱的心，都是我愿意看到并承认的事情，因为这些事情让我知道自己在什么地方，属于哪个等级，并且使我找到了与自己能力、资格和才干相称的位置。如今的酒店老板往往为自己的谦卑而感到骄傲，并感谢上帝让自己不像法利赛人那样伪善。但是我可不想那么做，无论真实情况多么艰难、多么丑陋，祈神保佑的祷告就是去了解真相，所以，当你深陷绝望的泥沼，挣扎着从一大堆为了填补这里泥泞的路面而从车上倾倒下来的圣经书中爬出来时，你的双脚就踏上了朝圣之路，穿过田野，越过高山，天国珍珠般的光芒依稀可见，清新的空气里隐隐传来美妙的乐声。

## 24

　　温暖的风从南边徐徐吹来，承载着神秘的希望和未解之谜，呼吸着生命的气息！想一想吧，风看不见地吹过树林和灌木丛，从苏醒过来的花蕾和含有树胶的萌芽中收集上千种芬芳的气味，这时所有人都会欣然地相互面对，手寻找着手，目光寻找着目光。春天也出现在我面前，跳跃在我的血液里，不是狂热的躁动，而是清雅的小步舞或孔雀舞，也许还要讲究仪式，有弯腰、鞠躬和庄严的求爱，这也是一种追求，就是为了活着，这就足够了。每一个我忽视了的动物都充满着神秘的快乐。你看鸡窝里的母鸡，用力地在地上刨食，往后退几步，用凶猛的眼睛检查着刨过的地面，然后果断地啄食；还有那争分夺秒吃草的羊，它们似乎在说："是的，这是我，就在这最好的地方，吃着世界上最好的食物！"

教堂破旧的塔是迷人的——它俯身看着我，塔楼窗户里闪烁着庄严的光芒，塔下是一片果园。孩子们撒欢似的从学校冲了出来，飞快地在街上跑着，跑动的小腿形成了密集的队形，迫不及待地尽可能跟上节拍。没有生物提出任何问题——为什么出生，走向何方？生活只是蹦蹦跳跳，充满着兴趣和欢乐。花草同样是这种感觉，它们的方式更安静，它们睁大眼睛凝视，向空中呼出清新的气息。正巧在我路过的时候，潜在的思绪轻快地掠过我的脑海。"是的，在我面前有着各种各样的东西——工作、信件，这些不会花费很多时间，然后会有夜晚，我将见到A先生或B先生，要谈论的也许是这个，但我要告诉他们的是那个。是的，一切都没有什么关系。"很难说清楚对生活的这种欢快的欲望到底意味着什么，但是你不会停下来问问题。那个时候一切都是那么完美，现在，当我想把这些记下来，那里面似乎什么也没有。我大笑是因为我高兴，我高兴是因为我活着。我想过自己度过的五十年吗？从来没有。当我路过教堂墓地，看到乱蓬蓬的杂草和倾斜的墓碑，突然觉得心里一阵刺痛，为那些注定要躺在黑暗的土里，肩并着肩长眠的人感到难过和惋惜，因为还有那么多的事需要他们去做。即使这样，瞬间又让我有了这样一种感觉，那就是他们是在忙碌着，生命一直就在那里，没有比以前少，也没有比以前多，那种生命是不能消失的，沉思中，我开始想起已经故去的兄弟姐妹，他们遭受了巨大的变化，但是我知道他们仍然存在于某个地方，过着与在世时一样欢快的日子。

也许并不是所有的事都是愉快的，一个有残疾的男孩，两只手又细又长，坐在村舍的花园里，在我经过的时候对我露出渴望的微笑；但是我觉得，即使他这个样子，春天的天使也正俯下身，亲吻着他那苍白的额头，低声说出一定会发生的事情。我认为，每个人都有自己的快乐，就像我们需要忍受痛苦才能让自己懂得我们是幸福的一样。对此，我无法解释，也无法理解，假如我能够理解和解释，那就没有黑暗和沉默的时刻。我们有时不能得到我们希望得到的东西，但是在我们身后和周围有着某种巨大的潮流随时随地在承载着我们。有时候，我们随着清澈的溪水漂动，两边长满新鲜的水草，我们就像绿色的枝条，朝着一个方向随波逐流；有时候，我们会在不动的死水里保持平衡的姿态；有时候，我们穿过一道道咆哮的闸门，或者改变航道，远离世上的污秽。然而，我们吃苦受难只是爱的一个条件，如果我们付出爱，我们就必须经受磨难，无论我们的爱能否获得完整的回答，无论我们是否不得不承受那些我们爱的人给我们带来的痛苦；但是最让我们感到悲伤的爱来自我们的自私自利——因为我们希望为自己、为自己的快乐、为获得其他人的爱而提出要求，我可以肯定，磨损我们的就是这个——自私的爱。

到了我这个年纪，我会想念一些朋友，其中有一个朋友，他的形象在我写作的时候偶然让我想了起来，我想确定我与他的感情，可是我确定不了。他像我一样也是个作家，但是我们之间的友情却遭遇了某种阴影，在某些方面他不信任我，他不会把自己心里的想法告诉我。现在，在这个季节，当生命求助于生命，各种愿望以某种方式编织在一起时，我内心渴望与他的思想接近。我想与他为伴向前走去，像以前那样交流想法和各种幻想。但是他离我而去，我恨将我们分开的那片阴影，无论那片阴影是什么；接着，一种怀念之情也出现了，我渴望见到和接近那些我曾爱过的人，他们站在死亡的另一边。我想见到他们，与他们轻松相处，吸引他们和善的目光，告诉他们我一直深爱着他们。但是今天，在生命和希望这一神圣的跃进当中，他们似乎一如既往地在我附近，比将我们隔开的水晶之墙珍贵一百倍。

在我患病的那些令人苦恼的日子里，让我最为心寒的不是别的，而是孤独。那些紧张和疼痛的细胞似乎把我禁锢起来，让我一个人独自悲伤。我无法伸出手来求救，我没有可以给予的爱，同样也获得不了别人的爱。我只是知道爱就在我身边，就在我头上，可是我感觉不到，当我感觉到了，爱又像是滚烫的水让我觉得烫手。我记得，有一天我去一个可爱的地方寻访，我小时候曾在那里居住过，那里的每一个角落、每一条街道、每一棵树都充满了我对那时无忧无虑的快乐时光的回忆，无比亲切，无比美好。但是事情看上去像是遥远的图片，涂抹着灿烂的色彩，永远失去了。

我疲倦地在林中的一条小路上坐了下来，这条小路长满了绿草和茂盛的枝叶，优美地通向这片林子的深处，这里有高耸的柏树和树干呈暗红的松树。快乐的孩提时代，我常常来到这里，心里充满着一本正经的事和计划。那里有青黏土从沟边渗出，我们常常用栗树叶子把这些黏土包起来带回家，捏模型玩。带着泥土芳香的松树针必须挑出来，还有带有辛辣气味的绿松塔，会一起被我们秘密地储藏在仓库里。从我们家门前的路走到另一头，那里有一个幼儿园，我可以在那里吃到新鲜的面包，然后看看儿童故事书，和父亲一起看上半个小时的图画，或学着画画……接着就是道一声晚安，似乎我们要永远地分别，上床睡觉是让人难以忍受的事,只有在另一个充实美好的新的一天开始之时,听着花园里鸟儿们在枝头鸣叫,我才可以安心睡觉。这一切都让我回想起来,既然我就这样与生活和希望分离,那么我祈祷死亡。

现在,我带着一颗孩童之心回来了,倾听着生活的每一种声音,嗅闻着生活的每一种气味,觉得还像以前那样清新,充满了快乐。为了这个,我独自穿过黑暗是值得的。现在,我不渴望充分利用每一分钟,我想在临终之前品味生活的美妙,奢侈地享受悲痛。可是以前,我却不知道黑暗的降临。我希望自己在末日来临之时接受死亡,我想知道死亡是怎么回事,我想知道死亡的奥秘,我想展望死后的生活,我想紧紧握住所有我爱的人的手,不再愚蠢地把时间浪费在对死亡的误解和探索死亡的神秘方面,只是把自己的感受坦白地说出来,理解他人对死亡的认识。我怎样才能描述死亡所承载的全部意义?现在不能仅仅是寻找各种情感,在这黑暗逐渐加深的日子里,我希望每一个瞬间都去感受和品味万物的精华,任何时候都不愿意我的盛宴受到干扰。如果可以的话,我渴望以这样的方式活着,什么都不拒绝,什么都不躲避。

当我经过路上的一片灌木丛时,我听到一只画眉用它洪亮的嗓音悠闲而又缓慢地发出极其优美的音符,充满着生命的欢乐,那是它对生命的思索。一天的辛劳和搜寻结束了，光线顺着橙色的通道在紫色的云岛之间向西聚集，在这个思考的时刻，画眉说的和唱的就是生活的激情和美好。我也要说出自己的想法，根据现实和体验唱出自己的歌，而不是在赢得歌唱权利之前怨恨无聊时光的流逝。

# 25

　　通过体验，我已经懂得了过于喜欢一个人独处并不好，可是我还没有学会不去享受孤独。孤独是一杯不错的美酒，但是慢性毒药潜伏在淡淡的、珠状的、琥珀黄的透明体内。这是有害的，因为在孤独的氛围里，思想没有得到检验地按照自己的行程繁忙地运转着。对像我这样比较拘谨的人来说，不得不与人们交往，加入他们的群体，找到使他们感兴趣的事物，迁就他们，观察他们的目光和姿态，试图做到讨人喜欢，通常情况下很少是出于同情，而是出于礼貌，一种真实而又有益健康的克制。我不想让自己成为无私慷慨或亲切和蔼之人，但是，假如某个人的陪伴使我不满意或不高兴，我还要表示感激，因为我毕竟得到了宽慰，或者说我是为了照顾其他人的情绪，其实这对我来说就是一种痛苦。无论这是不是利他主义，或是出于礼貌，或只是因为自我利益，都无关紧要。任其自行发展，我的头脑形成了一种呆板的思潮，迈着沉重的步伐，沿着被踩出的路走着，就像在持续无变化的风中，旗子只能朝着一个方向飘动，结果造成萎靡不振、病态的精神麻木。我的思绪变得停滞不前，而正是这不流的死水为各种各样黏滑的、螺旋状的、迟缓的半动物、半植物的东西提供了繁殖的机会，使它们在温暖的水里相互挤在一起；然而，生命的触动使水变得新鲜，有了生机，就像一个水塘，溪水源源不断地流入，泛起了涟漪。

　　有时候我们没有选择的机会，那年夏天我住在克拉莫克湖畔，我的朋友因事去城里出差，而要来的客人也没有按约定的时间到，要等到下周一才能来。所以我不得不独自待在这里，决定好好享受孤独的滋味，就像你借口生病逃避订婚那样享受。吃过早饭，我像一个幸福的朝圣者一样快速地走出房门。我带上手杖，准备了一些食物，还有一个笔记本，沿着一条狭窄的小路，一头扎进山林里。

　　顺路往前走，我望见两座伤痕累累、颜色暗黑的山，两山之间是一条水流湍急的河，我拖着沉重而又缓慢的步子继续走着，四处张望，我的思绪就像湖中的睡莲懒散地摇摆。那天天气非常炎热，我学着古代吟游诗人的样子，独自一个人，连同我狭隘的灵魂，在溪谷停留了一会儿。苍蝇在我身边嗡嗡地飞来飞去，小路很快消失在半山腰，我一会儿走在翠绿的草地上，一会儿走在从峭壁上滚落下来的灰色巨石上。我吃力地穿过长满野桑果的杂树林，或蹚水越过满是野草的沼泽。起伏的山地在溪流转弯的地方静静地重叠起来，形成了层层褶皱，笼罩在一片金色的薄雾当中，真的美极了。直到我走了出来，站在长满草的山脊上，我才发现自己四周是大山的绿色山肩和崎岖的扶壁，向下俯视，我看到溪水流向另一条河道。在平缓的溪谷另一端，我看到了田地和树林，闪烁的湖光，一座聚集着许多房舍的灰色小镇，整个场面看上去就像是一幅老画的背景。我常常感到困惑，古代画师如何能够想象出世界的美景，想一想常规视界的一些东西——因为我们往往看到的是我们学会看的，我们的父辈已经看到过的，而不是我们的眼睛真正注视的——再想一想我们不成熟的处理方式，我现在明白了，世界其实是我们真正看到的样子。

  那里的山望过去一片碧绿，如果把山那边峭壁的曲线和断面当成微缩景观来看，真的像是牛乳布丁的锥形截面，用一把勺子就可以放到嘴里——一个粗俗的比喻，但是我找不到别的什么东西来描绘，这个地方看上去真的不像是山体受到过严重的风化和磨损，倒是像淘气的孩子们用手堆起来的沙丘，没等工程完成就遗弃在那里。我不禁想起诗篇里的一句话："他的双手准备好了旱地。"

爬到山顶，这里的空气新鲜清爽。我跟随着溪水来到其隐秘的汇集处，在这里满溢的溪水形成了一个池塘，所有汇到此处的溪水在柔软的水中藓类植物的阻挡下得到了缓冲，悠闲地在池塘中安静地歇息，藓类植物丛中金黄色的水仙竖起强壮的尖峰，这可是山地最可爱的花。

我在那里吃了点东西，喝了些水，我看到了上帝，他就像山里的老人。是的，我看见了他，感觉到他的存在，在他的巨手之下休息，感受着他那耐心的感化。所有这一切瞬间降临到我身上，还没等池塘边的水滴形成水珠滴落到下面的石头上，这一切又瞬间离我而去。

我与主同在，圣灵如此古老、如此英明、如此伟大，所以我马上懂得，困惑、悲伤和抱怨是多么愚蠢的行为，因为上帝的法则是那么令人敬畏、那么令人恐惧，所以我们应当为自己脆弱的心得到上帝法则的支配而感到欣喜若狂。他的款款柔情是那么尽善尽美和包罗万象，不容你有丝毫怀疑和烦恼。假如他是严厉或冷漠的，那是因为他等待得太久，所以不得不这样。他曾饱受磨难、忍辱负重、悲伤哀痛,所以疼痛和悲伤对他来说不过是飞鸟掠过一片金色麦田的影子。他的设计有着广阔的空间,是那么令人难以置信,令人喜欢,又是那么平静,无法用语言表达,所有活着的人们,他们的疑惑、忧伤和悲痛不过是浩瀚大海上的波纹而已。就在这时我感觉到了希望、急切的期盼和深远的爱,觉得自己完全被吞没,包裹在其中,就像漂流的水滴陷入睡着的湖的胸怀。

我的罪恶和痛苦,我的抱负和梦想,它们已经为灵魂做完了自己的工作,落到了地上,就像枯叶从林中的树上飘落下来。假如你能保持心中神圣的火焰不灭,生活该是多么容易。我知道生活一直就不那么容易,而且也不会容易;但是,有个念头在我脑里一闪而过,我似乎看到自己在向前行走,也许有点困惑,不堪重负,可是又有些兴高采烈,直到我的灵魂在夜间开始呼吸,又一次与上帝结合在一起。

我的右侧是龇牙咧嘴的峭壁和一堆堆滚落下来的石头,这些东西激起了我的斗志,最终我爬上了高高的山顶。世界展现在我面前,我看到平原上一片片田地和散落的灌木丛沐浴在阳光里。再往前看,有一处蓝色的大河口,河面在这里变宽,形成人潮,河口边上有许多房子,高耸的烟囱冒着炊烟。我喘息着在阴凉的山里走着,呼吸着新鲜的空气,想到男人们在闷热的厂房里辛苦地干活,孩子们在穷街陋巷里玩耍,女人们在霉臭的屋子里照料婴儿或准备粗劣的饭菜,我突然觉得特别恐怖。让我惊愕的是,这么多年了,生活怎么变得这么丑陋、这么粗劣,充满了这么多的污浊和尘垢,这么多的嘈杂和忧虑,这么多的脏土和污染?如果你是勇敢和有爱心的,你能自然地投入当中,为弱者而战,把你的快乐拿出来与他们分享,慷慨地献出自己的时间和金钱,使自己的生命投入受到污染的生活溪流里吗?阻止你这么做仅仅是因为你过分讲究、软弱和自私吗?

是的,从某种意义上讲是这样的。假如我充满怜悯之情、充满爱心、充满力量、充满希望,毫无疑问我会向下走入混乱当中,和那些人们一样,走入茫茫的生活海洋,而且不会觉得自己为他们带来了珍贵的捐赠和令人欣慰的理想,更不会感觉到自己以冷酷的正气、高傲的理念去责难或劝阻他们。

其实我并不希望用微妙的理由替自己辩解,或者声称我已经尽责做了足够的工作,假如由于羞耻感和正义感的约束,我真的将自己绑定到这样的工作上,我也没有什么可说的,没有什么可给予的,因为我没有储备慷慨地用在那些不幸运的人身上的力量。我所需要的是可靠的实证,确定的教条主义,有说服力的劝导,说明自己就走在正确的道路上,还有坚定的信念,知道用什么样的行动和思想可以为那些社会环境差、生活压力大的人带来幸福。一些被遗忘的人形成了城镇的浮渣和沉淀，我能给予他们的，他们哪样都不需要。他们想要的是粗野的亲切、温柔的蛮横，快乐的耐性、令人信服的常识和简单的直白。他们不会懂我的语言，更不用说从实质上懂是什么困扰我的愿景，是什么激励我的梦想。我能给予他们最好的是某种充满激情的希望和美的感受，但这些对他们来说似乎仅仅是我的抒情曲和狂想曲罢了。

你愚蠢地犯下错误，允许自己摸索着巡察这些城镇，似乎居民们都过着不稳定和黑暗的生活。你意识到他们生活环境的恶劣，你渴望光明和美，可是他们中大多数人想要的绝对不是这些东西，他们非常满足于自己所找到的生活。劳动并不会使他们感到烦恼和沉重，他们仅仅是把干活很自然地当作生存条件，他们寻求利用乐趣、吃的、喝的、喧闹的交往和群聚的兴奋来填充自己的休闲时间。男人喜爱他们的狗，喜欢赌博、足球比赛、出游。女人喜爱她们的家和孩子，喜欢料理家务和女人间的闲聊。艺术、音乐、诗歌对他们来说不过是枯燥乏味的东西，令他们厌烦。他们不需要这些高雅形式的东西，他们认为这些是无用之物。对我来说，我不能要求他们培养自己的艺术情趣，只是希望他们能感觉到自己需要这些东西，并渴望获得这些东西。如果什么时候他们需要，我希望能通过一些媒介手段把我珍爱的艺术作品推荐给他们。

  我认为，人类的生活和希望正在慢慢地扩大和提升，上帝似乎在按照自己的步速，以自己的方式行进着。想象一下，正在发生的事情对我来说好像是这个样子，一位父亲带着孩子爬上了山，他们已经站在山顶，看到了山下远处的房子、花园、屋顶、烟囱和小巷。孩子们此时虽然笑着可是很焦躁，他们劝父亲带他们直接下山，离开这到处是峭壁的地方，可是这时天色已晚，下山的路就像是一种楼梯，父亲知道，他们必须背弃目标，顺着倾斜的山肩，穿过蕨丛坡地，才能安全地从山上下来。这样看起来会多走很长的路，却是最好的方式。

  然而，有些财富似乎就这样浪费掉了，有些精力就这样牺牲在微不足道的抱负和世俗的快乐方面，有些好逸恶劳的恶习就这样养成了。有时候，看上去似乎有两个伟大的灵魂在起作用。明亮的灵魂渴望健康、朴素、正义和恩情道义，但是其强度不足以使人们也渴望获得这些品质；黑暗的灵魂则喜欢毁灭性的兴奋和刺激，喜欢能够召唤死亡、懒惰、性欲、疼痛、破坏的那种快感，并借助面纱隐藏其欺诈伎俩满足自己一时的快乐。而最糟的是，黑暗的灵魂这一边似乎有许多东西是可感觉到的、实用的和真实的，而明亮的灵魂却无可奉送，只能提供模糊的梦想、星空般的沉默和幻想的欣喜。

不，我必须紧紧抓住自己手中纤细的绳索，我必须尽可能悄悄地致力于自己的工作和任务，虽然这看上去是那么琐碎和空洞，但我必须忍受着这样的感觉，在紧急的战斗中，我也许只是一个躲藏的和虚弱的叛徒。我确实全心全意地渴望简朴、和睦、有次序地安静工作。假如我知道如何去做，我愿意将自己有限的所有奉献给他们，我愿意看到每一个人的生活健康和真诚，充满着善良和有益的劳作，还有熟悉的家庭生活方式。我愿意给予他们工作、爱、欢笑、睡眠，这样一来，他们每天就会睁开眼睛看着大千世界，望着大地上那山山水水、变换的季节，在祖辈留下来的田园里，不仅急切地想做一些辛苦的农活，还可以安逸地享受休闲时光。我愿意让他们胆子大一些，敢于冒险，但是他们的勇猛行为不应该伤害人类或野兽。他们应当是骄傲的，而不是虚荣、卑鄙的，也不能是贪婪的，不能心存怨恨，也不能忧郁悲哀，所有这一切似乎都离我们不远，触手可及。然而，由于愚昧痴迷、卑怯的错觉，世界似乎转身背对着所有这一切。

我独处的那个地方一片安宁，似乎是一种沉默的责备。因为寂静山林的妙处在于没有悲惨的回忆或邪恶的设计。悲惨的事、肮脏的事或讨厌的事永远不可能在这里发生，没有什么东西可以玷污回忆或为回忆笼罩上阴影。只有跟随着羊群的孤独牧羊人，或者无忧无虑、快乐无边、健壮的旅行者，或者是像我这样独居的梦想家才能穿越这些斜坡,留恋地睁大眼睛望着希望之乡。

苍蝇拍打着翅膀在蕨类植物上盘旋,蜜蜂嗡嗡地在花丛中飞来飞去,甲虫跌跌撞撞地穿过草丛,鹡鸰焦急地从矮树林里飞了出来,羊群在山坡上吃草。即使在这里,毫无疑问也有着莫名其妙的疼痛。吃草的羊踩碎了草丛里的虫子,鹰袭击颤动的鸟巢,羔羊在刺骨的寒风里瑟瑟发抖。但是这种痛苦与我的不一样,因为它们用不着去思考为什么会形成了所有这些差异,为什么悲伤应当是这个样子,它们不会由此受到精神折磨。然而,世界已经相当美妙、相当美丽,在我若有所思地凝望着斜阳西下的时候,我激励自己,努力越过岩石,走过草地,踩着碎石向山顶爬去。金色的阳光洒向群峰,一座山又一座山,一道峭壁又一道峭壁,远看过去是那么柔和、那么朦胧,可是近看却是那么稳固、那么雄伟。

山谷似乎充溢着金色的雾气,湖泊就像是一面银盾,历经数不清的打磨闪闪发光,泉水在山涧顺流而下。这情景颇让人心潮澎湃,憧憬着把眼前的美景全部装进心里。光与影,高山与溪谷,那么耐心和平静地等候着,可是等候什么呢?这时太阳已经落山了,拖曳着橙色的裙状暮光越过雾蒙蒙的海面,一阵惬意的清凉扫过树林和田野,在这大热天里使人精神为之一振,万物似乎在疲倦中更自由地呼吸,生活在记忆和梦想里,空气流动和沉默的黑暗之间为我们精力的恢复提供了一个小小的间隙。

　　最后，趁着渐浓的暮色，沿着身边流淌着的清爽溪水，我活泼和精神饱满地踩着碎石走下山来，一直走向我熟悉的林间空地。

# 26

威廉·莫里斯①在他狂热而又阴郁地煽动民主思潮期间,曾给一位朋友写了几封信。他在信中提到了自己不得不暂停文学作品的创作,并说道,如果能够在偏远乡下的小屋里继续写下去,那该是多么快乐的事,最好是金秋时节,因为他对秋天的喜爱程度甚至超过春天,我认为所有忙碌的人都会有这样的感觉。我记

---

① 威廉·莫里斯(William Morris,1834—1896):英国设计师、作家、画家、空想社会主义者,同时又是英国社会主义运动的先驱者之一。代表作有《约翰·保尔的梦想》《乌有乡消息》等。——译者著

得在我担任小学校长时,整天忙于学校的事务,还要批改学生作业,尽可能快地干,就是为了及时把活干完,而这个时候我常常会产生强烈的厌恶感,头脑里会闪现出一些地方的景色。一般来说都是我知道的和喜欢去的地方,最渴望见到的是那些老宅子,例如位于康沃尔的房子,一半是庄园,一半是农场,周围有谷仓、畜棚和干草堆,半山坡的山地长满了灌木丛,有几处幽谷,几条小路,斜向下沉到峡谷那边,那里每天会静静地出现两次潮汐。当海水摇动着乱蓬蓬的海藻,闻一闻大海的气息,听一听橡树林里落叶被风吹起所发出的沙沙声和枝头上鸟儿洪亮的鸣叫声,只要在那里站上一会儿就足够了!还有一天,我在阅读介绍詹姆斯·佩恩生平的传记,他可是一位独创性的作家,晚年非常喜爱小城生活,喜欢去俱乐部平静地打一会儿牌,而且婚后他像年轻人那样生活着,住在一个村舍式的小别墅里,家不远处就是瑞德尔峭壁。瑞德尔,有着高耸的长满蕨类植物的山坡、幽暗的湖水、岛状的灌木丛、边缘曲线优美的芦苇塘。放下书本,走进孤寂的山里,住在那里,呼吸着新鲜空气,望着山水流入岩石堆里的一个个水池,这看上去要比在蓓尔美尔大街闲逛好得多,伦敦这条多家俱乐部汇聚的街道,空气里充斥着吼叫,挤满人的俱乐部里传出低沉的私语声,听不清人们在说些什么。

当我的生活出现了新的转折，我再在英格兰一些偏远的地方游荡，看到沼泽地边上孤独的田庄和农场，或科茨沃尔德丘陵上的果树园和小村庄，还有静静地立在那里的石墙房子，我常常会想到，在那里生活该是多么轻松、美好和简单的事情。奇怪的是，尽管我尝试过，也觉得自己的想法有点荒谬和空虚，错觉却以一种几乎不可抑制的冲动困扰着我。这是你所需要的精神上的恢复，是生活的对比，而不是生活的改变。退回到这些可爱的地方，远远地走进树林和荒野去漫步，忘掉生活的喧嚣和尘埃，摆脱身边琐事的纠缠，观察植物和树木精致的样式、牧场和耕地的漫长轮廓，穿过古老的村庄，看看居住在那里的人们，看看被村民长期使用和照料的村舍，这足以使人感到亲切，有益于你的身心健康。我认为，只有这样你才能够恢复平衡，设置正确的比例，激活受到侵蚀的头脑。除非你真正地生活在他们中间，否则你不可能生活在这些平静的场景里。你也许希望命运使你成为樵夫或牧羊人，毫无疑问，无数老一辈农民和劳工的血液流入我们的血管，致使我们以那么温柔和急切的爱看待这样的场景，这是事实。但是生活和环境使我变得与众不同，我的才能没有得到发挥，或者说遭到了幽禁，所以我不得不忍受疾病的折磨，这是必然的结果。只有极少数最强壮、最纯真的人，例如诗人华兹华斯，才敢于平静地过着与世隔绝的生活。就华兹华斯的体验而言，为了使自己能够自我专注地进行写作，也是付出了沉重的代价。

尽管你做不到，你仍然渴望与世隔绝，在我看来这似乎是一种论证或推测，即灵魂来自某片神秘的净土，然后又返回那里，其验证期已结束。生命的波动和交换在某种更平静的存在形式当中不过是一个插曲而已，一旦你苏醒过来，就像你去上学，学习一些确定的知识，从中获取经验。如果生活不断地让你失望，你总是处于忙碌的状态，忍受着各种压力，遭遇一次次失败，看不到希望，生活就是过于残酷、过于乏味的事情，生活本不应该这样。我认为，这似乎给了我们一个机会，让我们大胆地表现，收获爱，证明我们能把目标对准隐藏在所有困难、所有非同质性事物背后的东西。所以，对我们所有人来说，行动的一生、交往的一生、劳动的一生都是真实的，我们不能希望自己在喜爱的树林或田野里一天天地闲荡，看着白天渐渐变成黑天，在被露打湿的小树林里望着满天的星星。我可以肯定，想要这么做，渴望在精神上获得如此激动人心的时刻，非常真实地象征着某种奇妙的冒险。我曾经听别人说过这样一件事，一位工作非常勤奋、信仰非常忠诚的教区牧师，假期时与朋友一起来到英格兰一处安静而又美丽的地方，他们住的旅馆边上有一条小河，傍晚，他们站在桥上望着下面流淌的河水，这时一阵清爽的凉风从山谷吹来，他的朋友开始赞美眼前漂亮的景色。可是疲倦的牧师却说道："是啊，是很美，但是对我来说这样的美是以一种可怕的方式展现出来的。我在肮脏丑陋的地方住的时间太久了，那里的人们过着最糟糕、最卑贱的生活，所以我已经丧失了对美的感觉，我没有能力体会沉默、夜晚和水声的魅力。这些东西现在对我毫无意义。这只能是对我已经失去的东西的嘲弄般的回声。"我认为，这是非常悲哀的，他话里话外流露出忧郁的情绪，没有了激情，没有了辛勤工作的能量，没有什么能对此做出完全的弥补。他不仅仅已经丧失了对美的东西的品味，而且他还随之丧失了活力，平静不下来，高兴不起来，这对我们所做的一切形成了潜移默化的影响，使我们的行为变质。你不可能依据某种痛苦和沉闷的习惯进行工作，若是这样，你所做的一切和你所说的一切，都是为了他人的利益或为他人着想，你就会是迷茫的，除非你能随身携带着魅力和欢乐的源泉。所以你必须把目标对准合理和适当的调和，你必须使生命、相互交往和同情成为我们日常生活的主流。我们还必须努力保持自己的心理活力，能够意识到美和宁静的魅力，正如泛起泡沫的溪流越过堤坝，转动水磨，冲击小船，清洗下水道。当然也有其安静的时候，那个时候溪水漫过静止的死水，缓缓地在开花植物和野蔷薇灌木丛里流淌，沉浸于芦苇，放下其所有污秽的负担，重新回归清纯和平静的状态，让大地充满喜悦，为大地服务。

# 27

　　在我的经历中,致命的重大错误在于我试图浪漫地安排自己的生活,除非尝试过并遭到失败,我不知道你如何才能懂得这是不可能的。许多人根本没有机会这么做,这也许是一个比较愉快的解答。我在四十二岁时却发现自己是一个自由的人,经过二十年忙碌的职业生涯之后,我有了足够的生活资本,没有债务,没有家庭拖累,就在那时我形成了一个理想,像诗人那样生活。我想我能够让写作成为自己一生稳定的营生,这样的话,我可以过着简单而又平静的生活,避开无聊的例行公事和业务职责,只去见我喜欢见的人，学会享受孤独，随着生活的继续，这可是未婚男人必须有的生活方式。

但是你必须顺其自然，听天由命；你必须珍爱生命，不能对生活做出规定。自我戏剧化是很难做到的事情，需要极大的勇气、极高的创造性、持久的热情。在我认识的人中，确实有一些人仍然像孩子玩游戏似的生活着，玩得很专心；但是在他们处在最好的状态时，也只能像是躲在一种防御工事里，那里的所有设施都被用来躲避生活，即使这样，大本营通常会有叛徒，喜爱之情就是叛徒，你会发觉自己受到吸引，爱上侵入的宿主，你所有的防御设施随之变成了累赘，妨碍欢迎真正心爱的人。你也许试图俘获或绑架什么，做出了笨拙的努力。假如你不这么做，旧有的磨难就会重新开始，封闭花园的芳香，遮蔽明媚的阳光。某种虚弱的品质变成叛徒，它感觉宁静是不够的，你的平静一定会引起注意和忌妒。一点点不满和失望都会让你忍受不了，你会想当然地认为老天怎么对我这么不公平，就像公主，她虽睡在铺了二十层羽毛褥垫的床上，却感到不安，因为下面的床垫上有一粒干豌豆。

但是生活本身是我们所需要的——无论是糟糕、严峻、单调的生活，还是令人兴奋、可爱、甜美的生活。不是我们自以为甜美的体验，而是让我们担惊受怕的体验和不得不去征服的体验才是对我们有帮助的。我们必须承担起自己的职责，哪怕是让我们厌烦的职责，以便使我们适应暴躁和固执的人。我们也许会认识到自己也有可能做出令人厌烦的事，而且还会懂得我们自己也是有偏见和非理智的人。争吵，责难，使你失去勇气的打扰，屈服和妥协，对悲伤和疼痛的恐惧，失败，犯错，亏损——这些事情都能够净化你的心灵，给你带来力量。这是回忆、结合、想象的力量，这样的力量能够使我们准确地知道自己不喜欢什么，能使我们重新规划生活，没有这种力量，我们就会陷入痛苦。生命的奇迹和生命的持久都存在这样一个事实，即生活与我们所能设计出来的、能付诸实践的任何事情都是那么不同，确切地说，更加出乎预料、有创造力、强壮、巨大、不受约束、真实。在我们年轻、满怀希望的时候，我们也许认为自己就是荷马史诗《奥德赛》里的英雄奥德修斯，耐心、别出心裁、愉快地行走在生命旅程当中；我们排除令人恐怖和危险的事物，从未想到吃不上、穿不上的日子，因为我们期望的全都是最终的胜利——这是我们要求的。

　　作为替代，我们找到的是什么呢？错综复杂、迷宫似的地方，到处都有死胡同和高墙下的阴暗之处。无疑，广阔的地面足以使人愉快，那里的道路是平坦的，两边的花草是茂盛的，树上累累的果实垂了下来；但是另一方面，我们逐渐意识到出现在地平线上的死亡，无论我们朝着哪一个方向看，等待伏击我们的有丑陋的东西、巨兽和陷阱，嗓音低沉的魔鬼准备着把我们埋入坑里，就像《天路历程》里，"极大的臭气"横跨在路上。

错误之处在于不是假如我们觉得自己有多么英勇，假如我们能有这样的感觉就好了，而是假如我们觉得浪漫，期望最后的胜利，相信我们最终将发现生活是富裕和宁静的，可以赢得所有的胜利。相反，我们必须面对灾难和失败，最后我们知道没有什么能够把我们彻底粉碎，我们没有必要细细考虑这些想法，不要叹息自己多舛的命运，所有这些东西只能弱化和消耗我们的精神。我们越多地练习平静和不灰心，不幸的事对我们的伤害就会越少。但是我们没有必要相信灾难、压力和疼痛都是非常恐怖的事，我们必须勇敢地去观察，去深切地感觉，去耐心地承受，这些磨难就会显现出其美妙和力量。

我们会慢慢地认识到，生活实际上是不可思议的事情，不能按照我们规定的条件去进行，而且塑造我们和使我们成长的力量存在于生活的意外性、生活的恐怖、生活的神秘性、生活的光彩壮丽和生活的高尚音乐当中。经验是我们每一个人都希望获取的东西，正是因为如此我们才在这里，我们不要对生活进行分类和做出挑选。我们需要依靠本能，而不仅仅是依靠理性活着。人真实的一生在于他的本能，在于使他置身于生活并吩咐他向前走去的不可知的力量。思维能力只能用来感知、分析和安排体验；但是理性本身并没有什么力量，理性是灵魂的眼睛而不是灵魂的心脏。

我不仅要拟订计划去观察、享受、辨别和评估各种味道、色调和声音，而且还必须学会去爱、忍受痛苦和努力工作，不怕疲劳、悲伤和困惑。悄然而又神秘侵袭我的巨大灾难恰恰是上帝的指引，向我指明不要去选择，不要抵制，也不要坐在偏僻的地方，而是跳入混浊的溪流，让溪流将自己冲进荒凉之地，假如我渴望得到救治，就在那里浸泡七次。

当我坐在自己的室内花园放眼望着远处的绿地，呼唤我的祝福的声音是那么低沉。在我发觉自己心情沉重、厌恶做事时，我凝视着世界，对我来说，这个世界已经失去了所有美好的东西和可爱的东西，这足以让我感到痛苦。有一个地方在我的脑子里留下了深刻的印迹，那里的牧场从一片榛子林里延伸出来，林子后面隐藏着一条小河。在我忍受痛苦的日子里，我没有向河边走去，而是转身走进树林，坐在一棵倒下的树上，四处张望着，下定决心我必须死，因为我已经没有出路。如果我能在春天里平静地置身于花海之中，感到赦免像潮水那样向我的灵魂滚滚而来，什么代价我都愿意付出。但是，在那个时刻，更低沉的声音以其无比强烈的穿透力毋容置疑地从某个地方传了过来："不，你不能这样，你还有很长的路要走，你必须挣扎下去，承受压力，忍受痛苦。"既然如此，经过那个地方现在看来是一件神圣而又快乐的事，因为这个经历使我重新想起自己的悲痛之时，传来的声音让我知道了还有很多好日子在等待着我。

　　这样的时刻，对灵魂最有效的就是显示出了其痛苦的程度，比自哀自怜还要深刻，超越了所有的伪装、所有的借口，比任何安慰或爱所能触及的更进一步。经历磨难的严峻考验之后，你永远也不能变得与以前完全一样，因为你已经看到了赤裸裸的事实；但是你同样会知道，即使忍受这样的痛苦，你也完全有可能不受损伤、充满快乐地从困境当中挣脱出来。

## 28

　　许多写入这本书的事情已经过去很久了,几个月的时间转瞬即逝,今天是一个非常美好的秋日。天气晴朗,蓝天之下,远处的田野和山谷充溢着金色的雾霭。回到家里,我站在摆满书籍的小房间里,通过窗户向外张望。越过一排树篱,我看到了剑桥校园里的花园——如此奇特的世外桃源,四周有草坪和树木环绕着,这样的幽静之地竟然深藏在繁华城市的核心区域。街道上传来悦耳的声音,在我听来是那么圆润柔和。高高的榆树正开始由红色变成金黄色,教堂墙上的爬山虎将其朱红色的枝条与暗绿色的常春藤缠绕在一起。落日的余晖映照在老墙和树篱上，平静地逐渐变成淡绿色，多少带有一点铁锈黄色的线条。

　　这种平静对我来说不再是一件需要供给和在思想上屈服的东西，我不再计算胡乱浪费掉的时间。对繁忙而又活跃的生活来说，这恰好是一个美好的背景，充满着职责和工作，虽然范围不大，但是值得做，值得爱。我觉得自己还没有完全从黑暗时刻的阴影里逃脱出来，悲哀情绪时常无缘无故地在我身上弥漫，偷窃我生活的乐趣，使我处于非正常状态。但是对此我还是不觉得遗憾，而是觉得应该感激，因为这种状态能使我回想起自己长达数月的痛苦和抑郁，以及所有我曾忍受过的磨难。

　　有一天，我与一位朋友到偏远的乡下，前些日子他回老家待了几个星期。他坦率地向我讲述了这期间他所经历的凄惨的事。他见到了自己珍爱的一个人，她正在逐渐退出生活。他不得不忍着悲痛，无助地坐在她身边，而她则默默地躺在病床上，非常清楚地意识到自己就要辞世了，眼睛里满是泪水。他说，根本没有任何能使她恢复的希望，科学和医疗技术能做的只是尽可能延长正在衰退、即将耗尽的生命，而生命所渴望的只有休息和终止。他说，最悲惨的是，你不能传达你的想法和你的爱。没有什么可以说的，因为任何可能使她激动的话都不准说；你无事可做，只能注视着灵魂被衰弱的躯体痛苦地束缚，慢慢进入黑暗当中。如此不情愿，如此充满痛苦，如此困惑，无论是对于可怜的灵魂本身还是对于那些站在周围的人来说，坠入死亡意味着什么呢？难以承受的疼痛，徒劳的忍耐，似乎从人们身上偷走了最美好的生活能量，原来抱有的希望，做一个有用的人的理想也像是被一把火烧掉了，使人变得懒散和没有品位。就这样衰退，对寻求力量的法则和光的法则来说是那么不光彩，那么什么样的有价值的计划可以被包括在其中呢？

我想说的是，死亡的全部神秘几乎可以证明其硕果累累。一个灵魂也许就这样以某种程序休眠，净化其本身，其过程远比任何智力方面的知觉都要深刻，这完全不在于灵魂是否顽强。我很清楚，我们每个人的身上都有着某种东西需要打破。我们自己打破不了，无论我们多么悲伤地感觉到不屈不挠品质的存在——自信，苛刻地判断，诚实公正，武断，不管是什么，可以强迫灵魂做出忍让的唯一途径就是面对难以克服的悲痛或不知所措的恐惧。我们已经面对了，已经看到了没有光和希望，却发现灵魂继续存在，是压服不了、永远不灭、有活力的，于是我们可以肯定，我们被解救的日子越来越近。就像在混乱的梦里，我们只要记起我们曾爱过一些人，或一些人曾爱过我们，过去的往事就会浮现，那美好的日子、无忧无虑的生活，似乎是那么遥远，是那么令人感觉无助，所有这一切都无可挽回地失去了、毫无成果地浪费掉了、不加注意地享用了。

　　据一些在病床前照料过垂危病人的医护人员或主持宗教仪式的牧师讲,没有人临终之前害怕死亡,这不仅仅是不断受着疼痛折磨的躯体渴望陷入昏迷,我相信,这个时候他们的头脑已经知道,该做的一切都做过了,该迈出下一步,进入新的体验了,这是很自然、很简单的事。记得有一次在阿尔卑斯山,当时我还很健康,却在一个冰隙处差一点丢了性命。就在我感觉眩晕、呼吸困难的时候,我得到了营救。我当然没有感觉到恐惧,更奇怪的是,恢复过来后,我的第一个想法不是险情的解除,而是不情愿就这么苏醒过来。一切似乎都结束了,我似乎被什么东西抓了回来,这个东西甚至比生命更真实。

　　在身体未恢复健康之前,我强烈地渴望活着,用好生命,我现在所做的一切似乎都充满意义。夜里睡觉时,我发现自己正在感觉着失去知觉的这几个小时,追赶着浪费掉的丰富资源。这一切的背后,或者说超越所有这一切,存在着一种生命意识,远比任何世俗事务的压力、获取知识的快乐、合意的计划和令人愉快的希望更持久、更真实。一种更深层的潜流,生命存在的潜流,似乎在所有这一切的下面涌动,其外在的迹象并不是生命的有形部分,而是形成了与我这样的灵魂的亲属关系。在我看来,这些灵魂虽然有着共同利益,但并不像兄弟姐妹关系那么明显。这是生活中最深切的一种愉悦感，超越所有的物质——欲望、习惯、姿态、偏见、品位、判断，所有将我们相互隔离的东西，去感受内在的那种可信赖的、和谐的心灵。友谊、爱情，对这种认识而言是不完善的词语，这些词语仅仅是围绕着内在统一的行为和标志。我几乎不知道所有这一切意味着什么，因为似乎仍然存在着大量的灵魂，你不能就这样靠近他们。但是这似乎是给予我的最珍贵的礼物，使我有能力很自然、不加反抗地去寻找世俗面纱后面的应答灵魂。我觉得，在我患病期间，我的友情不仅得到了成倍增加，而且已经存在的友情还以一种我无法描述的方式加深了，并随之带来一种新的力量，无须利用各种仪式进行缓慢的协调。

  当然了，旧有的困难还会顽固地重现；但是这些困难是以不同的形式出现的，没有始终不变的特性，不会在目标和观点方面充满敌意。这些目标和观点以前是无法消除、必须接受的，而现在则作为临时的分配，可以得到分解。在这个物质世界里，我们不得不为自己提供吃的食物和住的居所，我们不得不确保自己在社会里有一席之地。这些似乎还不够，我们还喜欢占有很多并不一定用得上的东西，因为这些东西可以让我们沾沾自喜，就像福音书里的傻财主，好像积聚财富才能保障我们的日子过得轻松、懒散。

我不能说我已经完全摆脱物质生活，即使你不在乎拥有多少财富，你仍然渴望自己的隐私和安全得到保障，而这些都是昂贵的。我认为你可以看穿这些东西，并认识到所有这些东西的背后有可能存在着一种结合。

我真诚地渴望不要把自己的希望和知识储藏起来。古老的箴言严肃而又谨慎地说："学习所有的知识，做一个默默无闻的人。"我现在却认为，我知道得越多，我越不希望自己不被人所知。只要能够保证打破我自己和另外一个人灵魂之间的障碍，没有什么事我不愿意讲出来。

我相信你不得不做的就是率真和慷慨地委身于这个世界，当然，你不能口若悬河，摆出一副自我夸张的样子，只是讲述你的故事，就像个孩子，除了叙述的快乐，不去想任何别的事情。我的意思根本不是这个，相反，我说的是交流，通过交流赢得别人的信任，与他们建立可靠的互信关系，彼此之间相互理解，认识到我们都专心于平静和感情，不让任何倾向或偏见阻碍我们的和睦相处。使我们惧怕的是分离和孤独，所以不要担心自己现出原形。

这在我看来也许就是福音信息的中心思想——变得像个小孩子那样，天真无邪，接受所提供的任何友情，除了分享快乐，什么都不在乎。这种形象并不意味着孩子必定是完美、没有缺点的，只能说他们的错误和缺点不是冷冰冰的，也不是专为自己打算的，他们的错误是因为弱小和无知造成的。我们正是因为假装自己不是无知的、不是软弱的，才伤害了那么多可怜的灵魂。快乐不在于我们对自己需要知道的东西了解多少，也不在于我们有多么自信，更不在于我们自夸的效力和影响力有多大。

如果可以的话，我们应该消除疑虑，那就是从我们这方面讲，没有什么能够阻止别人与我们交往——这是我们能够做的一切，漠视怠慢、轻视和羞辱，首先是争取和平共处，即使是现在，战争也是邪恶的，尽管战争贩子常常宣称他们的目标是宁静的和平。去辨别万物当中灵魂更深处的潜流，不要受到误导，不要认为任何有眼力的清楚观点、任何有艺术表现力的思想表达能够弥补寒冷的情感生命力。活在当下，为当下而生活，不要生活在梦幻般的记忆里，也不要生活在光辉灿烂的远景里，而是尽可能简单、谦恭、温和地处理好自己的生活。

最后我还要说明一点，生活的很多秘密我们还一无所知，但是我们必须满足于此，不应觉得有什么遗憾。努力使我们的理论完整，轻快而又得意地获得理论的确定性那是无效的。理论常常被用来当作盾牌，人们利用这面盾牌挡住经验，阻碍自己不去爱上帝的伤口。

我们以很多方式自我加强，利用工作、财富、哲学甚至宗教，防御对未知事物的抵抗力。如果我们愿意的话，我们大家都能体验的是将自己的灵魂与光、真理和爱联系起来；但是由于警告、不近人情、怀疑和过分在意有形的东西，那就很容易使心灵的火焰熄灭。我们必须摆脱能使心灵承受沉重负担的东西，假如我们抵抗冲动，学会批评和贬低，将一切归咎于卑鄙的动机，怀疑他人的善良，努力争取尊重，造成了他人的牺牲，我们就是在让光变暗。我们完全不必为自己的软弱而惭愧，假如强者的危险在于诱惑其他人屈从于他们的意志，那么弱者的优势就在于可以看得更清楚，即使他们实现不了自己渴望的目标；所以，唯一的方式就是向经验、光和上帝完全敞开我们的心灵，为自己的软弱、无知和耻辱而感到欣喜，因为通过这些真理才能进入灵魂；我们自身的灵魂，其他人的灵魂，上帝——这些是永恒的。

因此，在我们分开之前，我只想问一下未曾谋面的朋友，这本书也许会落入你的手里，与我一起说一说古老的《诗篇》；这部圣歌以其温柔的等待静候上帝，向所有渴望的灵魂伸出爱的双手，这正是我一直努力想说或希望表达的东西：

耶和华是我的牧者，我必不至缺乏。
他使我躺卧在青草地上，领我在可安歇的水边；
他使我的灵魂苏醒，为自己的名引导我走义路。

我虽然行过死荫的幽谷，也不怕遭害，因为你与我同在；
你的杖，你的竿，都安慰我。
在我敌人面前，你为我摆设筵席；
你用油膏了我的头，使我的福杯满溢。
我一生一世必有恩惠慈爱随着我，我且要住在耶和华的殿中，直到永远。